선생님과 함께 읽는

자전거 도둑

물음표로 찾아가는 한국단편소설 12

?

자전거
선생님과 함께 읽는
도둑

전국국어교사모임 지음 ─ 노희영 그림

Humanist

'물음표로 찾아가는 한국단편소설' 시리즈를 펴내며

문학 교육은 아이들이 꿈을 꾸게 하기 위해 필요합니다. 그러나 요즘의 문학 교육은 참고서와 문제집을 통해서만 이루어지고 있습니다. 그래서 문학 수업은 엉뚱한 상상도 발랄한 질문도 없는 밍밍하고 지루한 시간이 되어 버렸습니다. 상상의 여지가 사라지고 질문이 없는 수업은 아이들을 질리게 하고 문학을 말라 죽게 합니다. 그렇다면 어떻게 해야 문학 교육을 살릴 수 있을까요?

무엇보다 학생들이 스스로 생각을 열어 질문을 만들 수 있게 해야 합니다. 매우 상식적인 일이지만, 우리 교육 환경에서는 잘 이루어지기가 어렵습니다. 그래서 전국국어교사모임은 학생들이 스스로 생각을 열고 엉뚱한 상상과 발랄한 질문을 할 수 있는 마중물을 붓기로 했습니다. 이는 말라 버린 문학뿐 아니라 아이들의 메마른 마음에도 물을 붓는 일이 될 것입니다.

교과서에 실린 의미 있는 작품을 골랐습니다 중·고등학교 국어 교과서나 문학 교과서에 실린 단편소설 가운데 오랫동안 많은 사람들에게 널리 읽힌 작품을 골랐습니다. 교과서에 실렸다는 것은 중·고등학생들에게 유용한 작품이라는 것이고, 오래 널리 읽혔다는 것은 재미나 감동, 그리고 생각거리 면에서 어느 하나는 사람들의 마음에 들었음을 뜻하기 때문입니다.

전국의 학생들에게 물었습니다 전국에 있는 수많은 학생에게 소설을 읽혀 보고, 그들이 궁금해하는 것을 모았습니다. 그러고 나서 의미 있는 질문거리들을 일정한 방식으로 배열했습니다.

현직 국어 선생님들이 물음에 답했습니다 전국의 국어 선생님 100여 분이 다양한 책과 논문을 살펴본 다음 질문에 대한 답을 했습니다. 이런 과정을 통해 보다 보편적인 작품의 의미에 접근하고자 했습니다.

교육 과정과의 연관성을 고려했습니다 수업 현장에서 또는 학생 스스로 이용할 수 있도록 했습니다. '깊게 읽기'에서는 인물, 사건, 배경, 주제 등 작품과 직접 관련되는 내용을 다루었으며, '넓게 읽기'에서는 작가, 시대상, 독자 이야기 등을 살펴볼 수 있도록 했습니다.

'물음표로 찾아가는 한국단편소설' 시리즈는 다양하고 깊이 있는 생각을 이끌어 낼 수 있는 소설 감상의 안내서 구실을 할 것입니다. 또한 작품에 대한 해석과 이해의 차원을 넘어서 문화적·사회적·역사적 정보를 폭넓고 다양하게 제시함으로써 문학 감상 능력을 향상시켜 줄 뿐만 아니라, 문학과 가까워질 수 있는 기회를 제공해 줄 것입니다.

전국국어교사모임

머리말

> 수남이는 자전거를 마치 검부러기처럼 가볍게 옆구리에 끼고 질풍같이
> 달렸다.
> 정말이지 조금도 안 무거웠다. 타고 달릴 때보다 더 신나게 달렸다. 달리
> 면서 마치 오래 참았던 오줌을 시원스레 내갈기는 듯한 쾌감까지 느꼈다.

이 부분은 바로 이 소설의 주인공인 수남이가 자전거를 들고 도망가는
장면입니다. 그러나 '자전거 도둑'이라고 하기엔 뭔가 석연치 않은 구석
이 있어요. 지금 수남이가 들고 내달리는 자전거는 자신이 일하는 가게
의 주인 영감 소유이며, 평소에 가게 일을 하면서 자신이 타고 다니던
자전거이기 때문이지요. 그렇다면 수남이는 정말로 자전거 도둑일까요?

자신이 모르는 것과 궁금한 것에 대한 질문이 없다면 진정한 배움
을 얻기 어려워요. 이러한 이치는 책을 읽을 때에도 마찬가지예요. 나
자신은 느끼지 못할지라도 우리는 책을 읽으며 끊임없이 질문을 하지
요. 이 책의 제목은 왜 이렇게 지었을까? 주인공은 왜 이렇게 행동할
까? 나라면 이런 상황에서 어떤 반응을 보였을까? 갈등과 시련을 주인
공은 어떻게 극복할까? 등.

여러분은 '자전거 도둑'이라는 제목을 보고 어떤 생각이 가장 먼저
들었나요? 수남이는 여러분과 같은 중학생 또래인데, 왜 학교에 가지
않고 가게에서 일을 할까요? 주인 영감의 얼굴은 하고많은 색 중에 왜
하필 누런 똥빛일까요? 수남이가 자전거를 들고 냅다 뛴 것은 과연 잘
한 일일까요? 수남이는 도둑일까요, 아닐까요? 만약 자전거 도둑이 맞

6

다면 왜 그럴까요? 수남이가 고향으로 돌아가려는 이유는 무엇일까요?

이처럼 책을 읽으며 던지는 수많은 질문은 작가와 대화를 나누는 것이며, 책의 내용을 깊고 넓게 이해하는 데에 많은 도움이 된답니다.

질문하기와 더불어 책의 내용을 이해하는 데 도움을 주는 다른 요인 중에 배경지식도 있지요. 이 작품을 읽을 때에는 어떤 배경지식을 가지고 읽으면 좋을까요? 이 작품은 우리나라가 농업 사회에서 산업 사회로 급격히 옮겨가던 1970년대를 배경으로 하고 있어요. 무슨 일이든 갑작스럽게 하게 되면 부작용이 생겨나게 되잖아요. 가족과 이웃 간의 정이나 의리, 참된 가치 등을 중시했던 우리 사회는 산업화와 자본주의의 바람이 불면서 점점 정신적인 것보다는 물질적인 것을 중시하는 사회로 변모하게 돼요. 이렇게 변화되어 가는 모습이 이 소설에 어떻게 반영되어 있는지 잘 생각하면서 읽어 보세요. 또 '작가가 추구하는 진정한 가치는 무엇일까'를 스스로에게 질문하고 스스로 답을 찾아가는 것도 재미있는 일이 될 것이라고 믿어요.

'질문한다는 것'은 답을 스스로 찾아가겠다는 의지의 표현이에요. 여러분이 문학 작품을 읽으면서 궁금한 것을 발견하고 자신만의 답을 내릴 수 있게 하는 데 이 책이 조금이라도 도움이 되었으면 해요. 그럼 같이 한번 출발해 볼까요.

2014년 10월
고양파주 국어교사모임

차례

'물음표로 찾아가는 한국단편소설' 시리즈를 펴내며   4

머리말   6

작품 읽기 〈자전거 도둑〉_박완서   11

깊게 읽기 묻고 답하며 읽는 〈자전거 도둑〉

1_ 소설 속 풍경
세운상가는 어떤 곳인가요?   43
수남이는 왜 학교에 안 다니나요?   46
야학이 무엇인가요?   48
왜 자꾸 바람이 불어 대나요?   52

2_ 공포와 쾌감 사이
전선 도매집 주인이 아가씨의 치료비를 물어줘야 하나요?   55
신사는 왜 자전거에 자물쇠를 채웠나요?   58
수남이는 왜 자전거를 들고 도망가나요?   62
주인 영감은 어떤 사람인가요?   66
수남이가 한 행동은 도둑질인가요?   70

3_ 깨달음을 통한 성장

'누런 똥빛'의 의미는 무엇인가요?　73

수남이는 왜 아버지를 그리워하나요?　77

수남이의 형은 왜 빈손으로 돌아왔을까요?　79

수남이는 왜 짐을 꾸리나요?　82

수남이는 앞으로 어떤 모습으로 살아갈까요?　86

넓게 읽기 **작품 밖 세상 들여다보기**

작가 이야기 – 박완서의 생애와 작품 연보, 작가 더 알아보기　92

시대 이야기 – 1970년대　96

엮어 읽기 – 산업화, 물질 만능, 그리고 삶의 진정한 가치　100

독자 이야기 – 〈자전거 도둑〉 뒷이야기 쓰기　108

참고 문헌　119

자전거 도둑

박완서

수남이는 청계천 세운상가 뒷길의 전기용품 도매상의 꼬마 점원
이다.

　수남이란 어엿한 이름이 있는데도 꼬마로 통한다. 열여섯 살이라
지만 볼은 아직 어린아이처럼 토실하니 붉고, 눈 속이 깨끗하다. 숙
성한 건 목소리뿐이다. 제법 굵고 부드러운 저음이다. 그 목소리가
전화선을 타면 점잖고 떨떠름한 늙은이 목소리로 들린다.

　이 가게에는 변두리 전기 상회나 전공들로부터 걸려 오는 전화가
잦다. 수남이가 받으면,

　"주인 영감님이십니까?"

하고 깍듯이 존대를 해 온다.

　"아, 아닙니다. 꼬맙니다."

　수남이는 제가 무슨 큰 실수나 저지른 것처럼 황공해하며 볼까지
붉어진다.

　"짜아식, 새벽부터 재수 없게 누굴 놀려. 너 이따 두고 보자."

이런 호령이라도 들려오면 수남이는 우선 고개를 움츠려 알밤을 피하는 시늉부터 한다. 설마 전화통에서 알밤이 튀어나올 리는 없는데 말이다. 실수만 했다 하면 알밤 먹을 것을 예상하고 고개가 자라 모가지처럼 오그라드는 게 수남이가 이곳 전기 상회에 취직하고 나서부터 얻은 조건반사다.

이곳 단골손님들은 우락부락한 전공들이 대부분이어서 성질들이 거칠고 급하다. 자기가 요구하는 것을 수남이가 빨리 알아듣고 척척 챙기지 못하고 조금만 어릿어릿하면 "짜아식" 하며 사정없이 밤송이 같은 머리에 알밤을 먹인다.

수남이는 그 숱한 전기용품 이름을 척척 알아들을 수 있을 만큼 일에 익숙해질 때까지 숱한 알밤을 먹었다.

그런데 일에 익숙해진 후에도 수남이는 심심찮게 까닭도 없는 알밤을 얻어먹는다. 이 거친 사내들은 그런 짓궂은 방법으로 수남이를 귀여워하는 것이다. 예쁜 아이를 보면 물어뜯어 울려 놓고 마는 사람이 있듯이, 이 사내들은 그런 방법으로 수남이에게 애정 표시를 했다.

"짜아식, 잘 잤냐?"

"짜아식, 요새 제법 컸단 말야. 장가들여야겠는데, 짜아식 좋아서……."

그러곤 알밤이다. 주먹과 팔짓만 허풍스럽게 컸지, 아주 부드러운 알밤이다. 그러니까 수남이는 그만큼 인기 있는 점원인 셈이다.

수남이는 단골손님들에게만 인기가 있는 게 아니라, 주인 영감에게도 여간 잘 뵌 게 아니다. 누구든지 수남이에게 알밤을 먹이는 걸 들키기만 하면 단박 불호령이 내린다.

"왜 하필 남의 머리를 쥐어박어? 채 굳지도 않은 머리를. 그게 어떤 머린 줄이나 알고들 그래, 응? 공부 많이 해서 대학도 가고 박사도 될 머리란 말야. 임자들 같은 돌대가리가 아니란 말야."

그러면 아무리 막돼먹은 손님이라도 선생님 꾸지람에 떠는 초등학생처럼 풀이 죽어서 수남이에게 진심으로 미안해했다. 그러고는,

"꼬마야, 그럼 너 요새 어디 야학이라도 다니니?"

하며 은근히 부러워하는 눈치까지 보였다. 그러면 영감님은 딱하다는 듯이 혀를 차며,

"아니, 야학은 아무 때나 들어가나. 똥통 학교라면 또 몰라. 수남이는 내년 봄에 시험 봐서 들어가야 해. 야학이라도 일류로. 그래서 인석이 그저 틈만 있으면 책이라고. 허허……."

수남이는 가슴이 크게 출렁인다. 수남이는 한 번도 주인 영감님에게 하다못해 야학이라도 들어가 공부를 해 보고 싶단 말을 비친 적이 없다. 맨손으로 어린 나이에 서울에 와서 거지도 안 되고 깡패도 안 되고 이런 의젓한 가게의 점원이 된 것만도 수남이로서는 눈부신 성공인데, 벼락 맞을 노릇이지 어떻게 감히 공부까지를 바라겠는가.

그러면서도 자기 또래의 고등학생만 보면 가슴이 짜릿짜릿하던 수남이다. 처음 전기용품 취급이 서툴러 시험을 하다 툭하면 손끝에 감전이 되어 짜릿하며 화들짝 놀랐던 것처럼, 고등학교 교복은 수남이의 심장에 짜릿한 감전을 일으키며 가슴을 온통 마구 휘젓는 이상한 힘이 있었다.

그런 수남이의 비밀을 주인 영감님은 알고 있었던 것이다. 수남이는 부끄럽고도 기뻤다.

　그래서 수남이는 "내년 봄에 시험 봐서 들어가야 해. 야학이라도 일류로……." 할 때의 주인 영감님이 그렇게 좋을 수가 없다. 그 소리를 듣기 위해서라면 그까짓 알밤쯤 하루 골백번을 맞으면 대수랴 싶다. 그런 소리를 자기를 위해 해 주는 주인 영감님을 위해서라면 뼛골이 부러지게 일을 한들 눈곱만큼도 억울할 것이 없을 것 같다. 월급은 좀 짜게 주지만, 그 감미로운 소리를 어찌 후한 월급에 비기겠는가.

　수남이의 하루는 눈코 뜰 새 없이 고단하지만 행복하다. 내년 봄 — 내년 봄은 올봄보다는 멀지만 오기는 올 것이다. 그리고 영감님이 잘못 알아서 그렇지 시험 볼 때는 봄이 아니라 겨울이다. 겨울은 봄보다 이르다.

　수남이는 온종일 눈코 뜰 새 없이 바쁘게 일을 하고 밤에는 가게 방에서 숙직을 한다. 꾀죄죄한 다후다 이불에 몸을 휘감고 나면 방바닥이야 차건 더웁건 잠이 쏟아진다.

　그럴 때 "인석은 그저 틈만 있으면 책이라고." 하던 주인 영감님의 목소리가 생생하게 들려온다. 수남이는 낮 동안 책은커녕 신문 한 귀퉁이 읽은 적이 없다. 도대체가 그럴 틈이 없다. 점원이 적어도 세 명은 있어야 해낼 가게 일을 혼자서 해내자니 여간 벅찬 것이 아니다. 그래도 수남이는 혹사당하고 있다는 억울한 생각 같은 것은 전연 없다. 어쩌다 남들이 영감님에게,

　"꼬마 혼자 데리고 벅차시겠습니다. 좀 큰 애 하나 더 쓰셔야죠."

영감님은 그런 소리를 제일 싫어한다. 벌레라도 씹어 먹은 듯이 이상야릇한 얼굴로 상대방을 흘겨보며,

"누가 뭐 사람 더 쓰기 싫어 안 쓰나. 어디 사람놈 같은 게 있어야 말이지. 깡패놈이라도 걸려들어 봐. 우리 수남이가 물든다고. 이런 순진한 놈일수록 구정물 들긴 쉽거든."

얼마나 고마운 주인 영감님인가. 이런 고마운 어른을 위해 그까짓 세 사람이 할 일 혼자 못 할까고 양팔의 근육이 팽팽히 긴장한다.

그런 고마운 어른이 보지도 않는 책을 틈만 있으면 본다고 남들에게 자랑을 한 뜻은 밤에라도 잠만 자지 말고 열심히 공부해 두라는 뜻일 것이다. 수남이가 그렇게 풀이한 것이다. 그런 생각을 하면 눈이 말똥말똥해지며 잠이 저만큼 달아난다. 혹시나 하고 보따리 속에 찔러 가지고 온 중학교 때 교과서랑 고등학교까지 다닌 형이 쓰던 참고서 나부랭이를 이렇게 유용하게 쓸 줄은 정말 몰랐다. 책이라야 통틀어 그것뿐이다.

주인 영감님이 심심할 때 사 본 주간지 같은 것이 굴러다닐 적도 있어서 소년다운 호기심이 동하지 않는 것도 아니었지만 "인석이 그저 틈만 있으면 책이라고." 하며 주인 영감님이 가리키는 책이란 결코 이런 주간지 조각이 아닐 것이라는 영리한 짐작으로 수남이는 결코 그런 데 한눈을 파는 법이 없다. 시간이 아까워서라도 그렇게는 할 수 없다.

가게를 닫고 셈을 맞추고 주인댁 식모가 날라 온 저녁을 먹고 나서 혼자가 될 수 있는 시간은 거의 열한 시경이다.

그때부터 공부라고 해야 되는 것이다. 그러고도 수남이는 이 동네

가게의 누구보다도 먼저 일어나야 하는 것이다. 수남이의 부지런함은 이 근처에서도 평판이 자자했다.

제일 먼저 가게 문을 열고, 물뿌리개로 골목길에 물을 뿌리고는 긴 골목길을 남의 가게 앞까지 말끔히 쓸고 나서 가게 안의 물건을 먼지를 털고, 어떡하면 보기 좋을까 연구를 해 가며 다시 진열을 하고 제 몸단장까지 개운하게 끝낸 후에 주인 영감님이 나온다.

주인 영감님은 만족한 듯 빙긋 웃고 "짜아식" 하며 손으로 수남이의 머리를 더듬는다. 그러나 알밤을 먹이는 일은 한 번도 없었다. 따뜻하고 큰 손으로 머리를 빗질하듯 두어 번 쓸어내려 주고는, 부드러운 볼로 해서 둥근 턱까지를 큰 손바닥에 한꺼번에 감쌌다가는 다시 한 번 "짜아식" 하곤 놓아준다. 수남이는 그 시간이 좋다. 그래서 남보다 일찍 일어나야 하는 것이다.

아직은 육친애에 철모르고 푸근히 감싸여야 할 나이다. 그를 실제 나이보다 어려 뵈게 하는, 아직 상하지 않은 순진성이 더욱 그에게 육친애를 목마르게 한다. 주인 영감님의 든든하고 거친 손에서 볼과 턱을 타고 전해 오는 따뜻함, 훈훈함은 거의 육친애적이었고 그래서 수남이는 그 시간이 기다려질 만큼 좋았고, 꿀같이 단 새벽잠을 떨쳐 낸 보람을 느끼고도 남을 충족된 시간이기도 했다.

그 어느 해보다도 긴 겨울이 가고 봄이 왔다. 내년 봄이 아니라 올봄이 온 것이다. 캘린더에는 벚꽃이 만발해 있었다. 그런데도 그 어느 해보다도 길게 해 먹은 겨울은 뭘 아직도 덜 해 먹었는지 화창한 봄날에 끼어들어 심술을 부렸다. 별안간 기온이 급강하하더니 바람까지 세차게 몰아쳤다.

낮 동안 떼어서 세워 놓은 가게 판자문이 요란한 소리를
내고 나자빠지는가 하면, 가게 함석지붕은 얇은 헝겊처럼 곧
뒤집힐 듯이 펄럭대고, 골목 위 공중을 가로지른 전화 줄에
서는 온종일 귀신의 휘파람 같은 이상한 소리가 났다.
　낮에는 이 가게 골목에서 사고까지 났다. 전선을 도매하는
집 아크릴 간판이 다 마른 빨래처럼 훨훨 나는가 했더니, 곧
장 땅으로 떨어지면서 때마침 지나가던 아가씨의 정수리를
들이받고 떨어졌다.

피가 아가씨의 분결 같은 볼을 타고 흘러 흰 스웨터에 선명한 붉은 반점을 줄줄이 그렸다. 피를 보자 다 큰 아가씨가 어린애처럼 앙앙 울어 댔다.

가게마다에서 사람들이 뛰어나왔으나 아가씨를 부축해서 병원으로 달려간 것은 바람에 간판을 날린 전선 도매집 주인 아저씨였다.

사람들은 모두 치료비를 톡톡히 부담해야 할 그 아저씨를 동정했다. 지랄스런 바람이지, 그 아저씨가 무슨 잘못이 있기에 생돈을 빼앗기냐고, 그렇지만 돈지갑 옆구리에 차고 부는 바람 못 봤으니, 그 재수 나쁜 아가씬들 그 재수 나쁜 아저씨한테 떼를 쓸밖에 도리 없지 않겠느냐고 사람들은 쑥덕댔다.

하여튼 수남이가 알 수 있는 것은 그 아가씨도 그렇고 그 아저씨도 그렇고 오늘 재수 옴 붙었다는 것뿐이었다.

수남이는 문득 자기도 재수 옴 붙을 것 같은 예감이 들었다. 그래서 화들짝 놀란 그는 큰 간판을 다시 점검하고 힘껏 흔들어 보고, 대롱대롱 매달린 아크릴 간판은 아예 떼어서 안에다 갖다 두고, 떼어 세워 놓은 빈지문은 좁은 옆 골목 변소 옆에 끼워 놓았다.

바람 부는 서울의 뒷골목은 흉흉하고 을씨년스러웠다. 먼지는 물론 온갖 잡동사니들이 다 날아들어 가게 앞에 쓰레기 무더기를 만들었다. 쓸어도 쓸어도 당해 낼 도리가 없었다.

손님도 딴 날보다 적고 수남이는 까닭 없이 마음이 울적했다.

시골의 바람 부는 날 풍경이 생생하게 떠올랐다.

보리밭은 바람을 얼마나 우아하게 탈 줄 아는가, 큰 나무는 바람에 얼마나 의젓하게 춤추는가, 작은 나무는 바람에 얼마나 안달 맞

20

게 들까부는가, 큰 나무와 작은 나무가 함께 사는 숲은 바람에 얼마나 우렁차고 비통하게 포효하는가, 그것을 알고 있는 것은 이 골목에서 자기 혼자뿐이라는 생각이 수남이를 고독하게 했다.

전선 가게 아저씨가 병원으로부터 어두운 얼굴을 하고 돌아왔다. 가게 주인들이 우루루 전선 가게로 모였다. 아가씨의 안부보다도 그 아저씨 손해가 얼마인가, 모두 그것이 궁금한 모양이었다.

수남이네 주인 영감님도 가더니, 한참 만에 돌아오면서 하늘을 쳐다보며 욕지거리를 했다.

"육시랄 놈의 바람, 무슨 끝장을 보려고 온종일 이 지랄야."

아마 전선 가게 아저씨 손해가 대단했던 모양이다. 그래서 동정 삼아 그렇게 화를 내는 눈치다. 하긴 그런 일이 아니더라도 서울 사람들에게는 바람이 손톱만큼도 반가울 리가 없겠다. 바람의 의미를, 간판이 날아가는 횡액, 한없이 날아오는 먼지, 쓰레기, 그것밖에 모르니까.

봄바람이 게으른 나무들에게, 잠든 뿌리들에게, 생경한 꽃망울들에게 얼마나 신기한 마술을 베풀고 지나갔나를 모르니까. 봄바람이 한차례 지나고 거짓말같이 화창하고 아늑하게 갠 날, 들판이나 산등성이에 있어 본 적이 없을 테니까.

수남이는 다시 한 번 울고 싶도록 고독해진다.

전화를 받은 주인 영감님이 좀 생기가 나더니 계산서를 작성해 주면서 ××상회에 20와트 형광 램프 다섯 상자만 배달해 주고 오란다. 가까운 데 있는 소매상에서는 이렇게 전화 주문으로 배달까지를 부탁해 오는 수가 많다. 수남이는 자전거도 잘 타 배달이라면

문제도 없다.

그래도 오늘은 바람이 유난해서 조심하느라 형광 램프 상자를 밧줄로 꼼꼼히 묶는다. 주인 영감님까지 묶는 걸 거들어 주면서,

"인석아, 까불지 말고 조심해. 사고 내 가지고 누구 못할 노릇 시키지 말고."

오늘 장사가 좀 잘 안 돼서 그런지 말씨가 퉁명스럽긴 했지만, 나쁜 말은 아닌데도 수남이는 고깝게 듣는다.

꼭 네깐 놈 다칠 게 걱정이 아니라 나 손해 볼 게 겁난다는 소리로 들린다.

수남이는 보통 때 같으면 "할아버지, 다녀오겠습니다." 하고 신바람 나게, 그리고 붙임성 있게 외치고는 방긋 웃어 보이고 나서야 페달을 밟고 씽 달렸을 터인데, 오늘은 왠지 그래지지를 않는다. 아무 말 안 하고 자전거를 무거운 듯이 질질 끌다가 뭉기적 올라타면서 느릿느릿 페달을 젓는다. 주인 영감님이 뒤에서 악을 쓴다.

"인석아, 조심해. 까불지 말고."

주인 영감님의 목소리가 회오리바람을 타고 이상하게 날카롭고 기분 나쁘게 들린다. 수남이는 '쳇' 하고 혀를 차고는 도망치듯 씽 자전거의 속력을 낸다.

형광 램프를 ××상회에 부리고 나서 수금하는 데 또 한동안이 걸린다. 장사꾼의 생리란 묘한 데가 있다.

수남이는 아직도 그 생리만은 이해가 안 될뿐더러 문득문득 혐오감까지 느끼고 있다.

금고에 돈을 수북이 넣어 놓고도 꼭 땡전 한 푼 없는 얼굴을 하고 도무지 돈을 내주려 들지를 않는다. 조금 있다 오란다. 그동안에 수금이 되면 주겠다는 것이다.

그러나 이쪽에선 그 수에 넘어가지 말고 악착같이 지키고 서서 받아 내야 하는 것이다. 그것이 수남이가 서울에 와서 점원 노릇하면서 배운 상인 철학 제 1항이었다.

"아유, 오늘 더럽게 장사 안 된다."

××상회 주인은 니코틴이 새까맣게 달라붙은 이빨 안쪽을 드러내고 크게 하품을 한다. 돈을 빨리 안 주는 변명 같기도 하고, '인석아, 하루 종일 기다려 봐라, 누가 돈을 호락호락 내줄 줄 아니.' 하는 공갈 같기도 하다.

그러나 수남이는 들은 척도 안 하고 장승처럼 버티고 서 있다. 저런 수에 넘어가 호락호락 물러가면 주인 영감님에게 야단맞는 것도 맞는 거려니와, 앞으로 열 번도 넘게 헛걸음을 해야 수금을 끝마칠 수 있기 때문이다.

그것도 목돈이 아니라 오백 원, 천 원씩 푼돈을 녹여서 말이다.

이럴 때 수남이는 이 세상에 장사꾼처럼 징그러운 족속이 또 있을까 싶은 생각이 나서 한숨이 절로 난다. 그러면서도 자기도 어느 틈에 장사꾼다운 징그러운 수를 쓰고 만다.

"오늘 물건 대금은 꼭 결제해 주셔야 돼요. 은행 막을 돈이란 말예요."

수남이는 은행 막는다는 말의 정확한 뜻을 잘 모른다. 그 번들번들하고 위엄 있는 은행이 뒤로 어디 큰 구멍이라도 뚫려 있단 소린지, 뚫려 있기로서니 왜 장사꾼이 막아야 하는지 잘 모르는 채로, 급하게 돈을 받아 내려면 장사꾼들이 으레 심각한 얼굴을 하고 그런 소리를 하길래 수남이도 그래 보는 것이다.

"짜아식, 알았어. 기다려 봐. 돈 들어오는 대로 줄게."

주인이 퉁명스럽게 대답하곤 수남이의 머리에 힘껏 알밤을 먹인다. 수남이는 잽싸게 고개를 움츠러뜨렸는데도 눈에 눈물이 핑 돌 만큼 독한 알밤이다.

장사 더럽게 안 된다는 주인 말과는 달리 손님이 쉴 새 없이 들락거린다. 정말로 가게는 조그맣지만 길목이 아주 좋다. 수남이는 좁은 가게에서 이리 밀리고 저리 밀리면서 잘 버틴다. 버틸 뿐 아니라 속으로 돈이 얼마나 들어오나 암산까지 하고 있다.

소매상이라 큰돈은 안 들어와도 그동안 들어온 돈이 어림잡아 만 원은 됨 직하다. 수남이는 비실비실 안 나오는 웃음을 웃으며,

"어떻게 결제 좀 해 줍쇼."

하고 또 한 번 빌붙는다. 주인은 "짜아식" 하며 또 한 번 알밤을 먹이곤 오백 원짜리, 백 원짜리 합해서 만 원을 세 번이나 세어 보더니 아까운 듯이 내준다.

"짜아식, 끈덕지기가 꼭 뙤놈 같다니까. 됐어?"

칭찬인지 욕인지 모를 소리를 하고 찍 웃는다. 수남이는 주인이 세 번씩이나 세어서 준 돈을 또 두 번이나 센다. 그러고 나서야 "고맙습니다. 안녕히 계십쇼." 하고는 저만큼 자전거를 세워 놓은 쪽으로 횡하니 달음질친다.

바람이 여전하다. 저만큼서 흙먼지가 땅을 한 꺼풀 벗겨 홑이불처럼 둘둘 말아 오는 것같이 엄청난 기세로 몰려온다. 골목 안의 모든 것이 '뎅그렁', '와장창', '우르릉' 하고 제각기의 음색으로 소리 높이 비명을 지른다.

드디어 흙먼지 홑이불이 집어삼킬 듯이 수남이의 조그만 몸뚱이를 덮친다. 수남이는 눈을 꼭 감고 숨을 죽인다.

바람이 지난 후 수남이는 눈을 뜨고 침을 탁 뱉는다. 입 속에 모래가 들어와 깔깔하고 목구멍이 알싸하니 아프다. 다시 자전거 쪽으로 걷는다. 조금 전만 해도 서 있던 자전거가 누워 있다. 그래도 날아가진 않았으니 다행이다.

자전거뿐 아니라 골목의 모든 것이 다 제자리에 그대로 있다. 수남이는 그것이 신기하다. 누워 있는 자전거를 일으켜 세우고 날렵

하게 올라타 막 페달을 밟으려는데, 어디선지 고함 소리가 벽력같이 들린다.

"이놈아, 어딜 도망가는 거야. 게 섰거라, 꼼짝 말고."

수남이는 자기에게 지르는 고함은 아니겠지 싶어 그대로 페달을 밟는다.

"아니 이놈이, 어디로 도망을 가려고 이래."

뒷덜미를 사납게 붙들린다. 점잖고 깨끗한 신사다. 이런 신사가 자기에게 어떤 볼일이 있다는 것인지, 수남이는 도시 짐작을 할 수 없다. 게다가 신사는 몹시 화가 나 있다. 신사를 화나게 할 일을 자기가 저질렀다고는 더구나 생각할 수 없다.

"임마, 꼼짝 말고 있어."

신사의 말이 아니더라도 꼼짝할래야 할 수 있을 처지가 아니다. 꼼짝은커녕 숨도 제대로 쉴 수 없을 만큼 수남이의 뒷덜미는 신사의 손에 잔뜩 움켜쥐어져 있다.

"임마, 네놈의 자전거가 쓰러지면서 내 차를 들이받았단 말야. 이런 고급차를 말야. 이런 미련한 놈, 왜 눈은 째려, 째리긴. 그러니 내 차에 흠이 안 나고 배겼겠냐. 내 차는 임마, 여자들 손톱만 살짝 닿아도 생채기가 나는 고급차야 임마, 알간?"

그러고는 거울처럼 티 하나 없이 번들대는 차체를 면면히 훑어보더니 "그러면 그렇지." 하고 환성을 질렀다. 아마 생채기를 찾아낸 모양이다.

"일은 컸다. 임마, 칠만 살짝 긁혔어도 또 모르겠는데 여 봐라, 여기가 이렇게 우그러지기까지 했으니 일은 컸다, 컸어."

신사가 덩칫값도 못 하게 팔짝팔짝 뛰면서, 잘 봐 두라는 듯이 수남이의 얼굴을 차에다 바싹 밀어붙였다.

수남이는 차체에 비친 울상이 된 자기 얼굴을 볼 수 있을 뿐이다. 꼭 오늘 재수 옴 붙은 일이 날 것 같더라만 이런 끔찍한 일이 일어나고 말았구나. 울음이 왈칵 솟구친다. 그러자 제 얼굴도, 차체의 흠도 아무것도 안 보이고 온 세상이 부옇게 흐려 보일 뿐이다.

"울긴, 임마. 너 한 달에 얼마나 버나?"

신사의 목청이 다분히 누그러지며 목소리에 연민이 담긴 것을 수남이는 재빨리 알아차린다. 그러자 흑흑 소리까지 내어 운다.

"울긴 짜아식, 할 수 없다. 너나 나나 오늘 재수 옴 붙은 걸로 치고 반반씩 손해 보자. 오천 원만 내."

수남이는 너무 놀라 울음까지 끄르륵 삼키고 신사를 쳐다본다. 그사이 사람들이 큰 구경이나 난 것처럼 모여들어 신사와 수남이를 에워싼다.

누군가가 뒤에서 "빌어, 이놈아. 그저 잘못했다고 무조건 빌어." 하고 속삭인다. 수남이는 여러 사람들이 자기를 동정하고 있다고 느끼자 적이 용기가 난다.

"아저씨, 잘못했습니다. 한 번만 용서해 주십시오. 네, 아저씨."

제법 또렷한 소리로 용서를 빈다.

"용서라니, 이만큼 했으면 됐지 어떻게 더 용서를 해."

"아저씨, 그러시지 말고 한 번만 봐주셔요. 네, 아저씨."

수남이는 주머니에 들은 만 원 생각을 하면 얼굴이 화끈대고 공연히 무섭기까지 하다. 그렇지만 주인 영감님을 위해 그 돈만은 죽기를 무릅쓰고 지킬 각오를 단단히 한다.

"아니 욘석이, 이제 보니 이런 큰일을 저지르고 그냥 내뺄 심사 아냐? 요런 악질 녀석 같으니라고."

신사의 표정에 은은히 감돌던 연민이 싹 가시고 점잖게 무표정해진다.

그러고는 옆에 섰던 운전수인 듯한 남자에게,

"안 되겠네. 요런 악질 깡패 녀석하고 시비해 봤댔자 공연히 시간만 낭비니, 자네 자물쇠 하나 마련해다 주게. 이 녀석 자전걸 잡아 놓기로 하세. 언제든지 오천 원 가져와서 찾아가라고."

그러고는 주머니에서 오백 원짜리를 한 장 꺼내서 운전수에게 주는 것이었다. 수남이로서는 전연 예기치 못했던 사태였다.

　주머니의 만 원에 대해서만 생각했었지 자전거에 대해선 전혀 생각이 미치지 못했었다.

　운전수는 금방 커다란 자물쇠를 하나 사 가지고 왔다. 신사는 다시 네놈은 쳐다보기도 싫다는 듯이 수남이를 전연 상대 안 하고, 묵묵히 자전거 바퀴에다 자물쇠를 채우고, 앞에 빌딩을 가리키면서,

　"나 저기 306호실에 있으니까 돈 오천 원 갖고 와. 그러면 열쇠 내줄 테니."

하고는 수남이를 힐끗 흘겨보고 유유히 빌딩 속으로 사라져 갔다.

　수남이는 울지도 못하고 빌지도 못하고 그냥 막연히 서 있었다. 수남이와 신사의 시비를 흥미진진하게 구경하던 사람들도 헤어지지 않고 그냥 서 있었다. 아마 수남이가 앙앙 울거나, 펄펄 뛰면서 욕을 하거나 그런 일이 일어나 주기를 기다리는 눈치였다.

　수남이는 바보가 돼 버린 아이처럼 조용히 멍청히 서 있었다. 누군가가 나직이 속삭였다.

　"토껴라 토껴. 그까짓 거 갖고 토껴라."

　그것은 악마의 속삭임처럼 은밀하고 감미로웠다. 수남이의 가슴은 크게 뛰었다. 이번에는 좀 더 점잖고 어른스러운 소리가 나섰다.

　"그래라, 그래. 그까짓 거 들고 도망가렴. 뒷일은 우리가 감당할게."

　그러자 모든 구경꾼이 수남이의 편이 되어 와글와글 외쳐 댔다.

"도망가라, 어서어서 자전거를 번쩍 들고 도망가라, 도망가라."

수남이는 자기편이 되어 준 이 많은 사람들을 도저히 배반할 수 없었다. 이상한 용기가 솟았다. 수남이는 자전거를 마치 검부러기처럼 가볍게 옆구리에 끼고 질풍같이 달렸다.

정말이지 조금도 안 무거웠다. 타고 달릴 때보다 더 신나게 달렸다. 달리면서 마치 오래 참았던 오줌을 시원스레 내깔기는 듯한 쾌감까지 느꼈다.

주인 영감님은 자전거를 옆에 끼고 질풍처럼 달려온 놈을 눈을 휘둥그렇게 뜨고 바라볼 뿐이었다. '오늘 바람이 세더니만 필시 이 조그만 놈이 바람에 날아왔나, 설마 그럴 리야 없을 텐데 내 눈이 어떻게 된 것인가.' 그런 눈치였다.

수남이는 너무 숨이 차서 이런 주인 영감님의 궁금증을 시원히 풀어 주지 못하고 한동안 헉헉대기만 한다.

"임마, 말을 해. 무슨 일이야? 네놈 꼴이 영락없이 도둑놈 꼴이다, 임마."

도둑놈 꼴이라는 소리가 수남이의 가슴에 가시처럼 걸린다. 수남이는 겨우 숨을 가라앉히고 자초지종을 주인 영감님께 고해바친다. 다 듣고 난 주인 영감님은 무엇이 그리 좋은지 무릎을 치면서 통쾌해한다.

"잘했다, 잘했어. 맨날 촌놈인 줄만 알았더니 제법인데, 제법야."

그러고는 가게에서 쓰는 드라이버니 뻰찌를 가지고 자전거에 채운 자물쇠를 분해하기 시작한다. 엎드려서 그 짓을 하고 있는 주인 영감님이 수남이의 눈에 흡사 도둑놈 두목 같아 보여 속으로 정이 떨어진다. 주인 영감님 얼굴이 누런 똥빛인 것조차 지금 깨달은 것 같아 속이 메스껍다.

마침내 자물쇠를 깨뜨렸나 보다. 영감님 얼굴에 회심의 미소가 떠오르더니 자유롭게 된 자전거 바퀴를 시험이라도 하려는 듯이 자전거로 골목을 한 바퀴 빙그르르 돌아 들어와서는,

"네놈 오늘 운 텄다."

그러고는 수남이의 머리를 쓰다듬고 볼과 턱을 두둑한 손으로 귀여운 듯이 감싼다. 영감님이 기분이 좋을 때면 수남이에 대한 애정의 표시로 으레 그렇게 했었고, 수남이도 그걸 좋아했었다.

그런데 오늘은 싫다. 영감님의 손이 싫다. 그것이 운 트기는커녕 재수 옴 붙었다는 생각이 여전하고, 수남이는 그날 온종일 우울했다. 그러나 자기가 왜 그렇게 우울한지 그걸 차분히 생각할 새도 없는 바쁜 하루였다.

가게 문을 닫고 주인댁에서 날라 온 저녁밥을 먹고 나면 비로소 수남이 혼자만의 시간이다. 꿀 같은 시간이었다. 책을 펴 놓고 영어 단어를 찾고, 수학 문제를 풀어 보고, 턱을 괴고 소년답게 감미로운 공상에 잠길 수 있는 그런 시간이었다.

그러나 오늘 수남이는 그게 되지를 않았다. 책을 집어던졌다.

'낮에 내가 한 짓은 옳은 짓이었을까? 옳을 것도 없지만 나쁠 것은 또 뭔가. 자가용까지 있는 주제에 나 같은 아이에게 오천 원을 우려내려고 그렇게 간악하게 굴던 신사를 그 정도 골려 준 것이 뭐가 나쁜가? 그런데도 왜 무섭고 떨렸던가. 그때의 내 꼴이 어땠으면 주인 영감님까지 "네놈 꼴이 꼭 도둑놈 꼴이다."라고 하였을까.'

'그럼 내가 한 짓은 도둑질이었단 말인가. 그럼 나는 도둑질을 하면서 그렇게 기쁨을 느꼈더란 말인가.'

수남이는 몸을 부르르 떨면서 낮에 자전거를 갖고 달리면서 맛본 공포와 함께 그 까닭 모를 쾌감을 회상한다.

'마치 참았던 오줌을 내깔길 때같이 무거운 억압이 갑자기 풀리면서 전신이 날아갈 듯이 가벼워지는 그 상쾌한 해방감 — 한 번 맛보면 도저히 잊혀질 것 같지 않은 그 짙은 쾌감, 아아 도둑질하면서도 나는 죄책감보다는 쾌감을 더 짙게 느꼈던 것이다. 혹시 내 피 속에 도둑놈의 피가 흐르고 있기 때문이 아닐까.'

순간 수남이는 방바닥에서 송곳이라도 치솟은 듯이 후닥닥 일어서서 안절부절못하고 좁은 방 안을 헤맸다.

수남이의 눈앞에는 수갑을 차고, 순경들에게 끌려와 도둑질 흉내를 그대로 내보이던 형의 얼굴이 환히 떠오른다. 그리고 서울 가서 무슨 짓을 하든지 도둑질만은 하지 말라고 신신당부하던 아버지의 얼굴도 떠오른다.

수남이의 형 수길이는, 온 집안 식구가 기대를 걸고 고등학교까지 마쳐 준 보람도 없이 집에서 빈들대다가, 어느 날 갑자기 서울 가서 돈 벌고 성공해서 돌아오마는 말 한마디를 남기고 훌쩍 집을 나갔다.

편지 한 장, 하다못해 인편에 안부 한마디 없는 2년이 지났다. 그동안 아버지는 푹 노쇠하고, 어머니는 뼈만 남게 야위어서 수남이랑 동생들이랑을 들볶았다.

들볶는 푸념 속에서 무정한 장남에 대한 원망과 함께 그래도 행여나 하는 기대가 곁들여 있는 것을 수남이는 느낄 수 있었다.

수남이도 뭔가 형에 대한 기대를 안 할 수가 없었다. 동생들이 발바닥이 다 닳아 없어져 웃더껑이만 남은 운동화를 신고 다니는 걸 봐도 "조금만 참아, 큰형이 돈 많이 벌어 가지고 오면 운동화랑 잠바랑 다 사 줄게." 하는 말을 할 지경이었다.

형이 돈을 많이 벌어 오면 — 이런 기대에 온 집안 식구가 하루하루를 매달려 살았다. 어느 날 밤, 형은 돌아왔다. 옷과 운동화와 과자와 고기를 한 짐이나 되게 사 가지고. 형이 정말 돈을 벌어서 별의별 것을 다 사 가지고 온 것이었다. 아버지는 밤중이지만 동네 사람을 모아 큰 잔치를 벌이려고 했다. 형이 험악한 얼굴을 하고 안 된다고 했다.

잔치는커녕 동생들이 좋아서 떠드는 것도 못 하게 윽박질렀다.

수남이는 지금도 그날 밤 일이 생생하다. 그날 밤 형의 누런 똥빛 얼굴은 정말로 못 잊겠다. 꼭 악몽 같다.

다음 날 형은 읍내에서 온 순경한테 수갑이 채워져 붙들려 갔다. 형은 악을 써서 변명을 하며 갔다.

"2년 만에 빈손으로 집에 들어갈 수는 없었단 말야. 도저히 그럴 수는 없었단 말야."

그래서 읍내 양품점을 털어 돈과 물건을 훔친 것이다. 다음에 수남이가 형을 본 것은 읍내에 현장 검증인가를 나왔을 때다. 도둑질한 것을 다시 한 번 되풀이해 보여 주는 것인데, 딴 구경꾼들 틈에 섞여 수남이는 몸서리를 치면서 그것을 봤다. 그 도둑놈과 형제간이란 게 두고두고 생각해도 몸서리가 쳤다.

아버지는 화병으로 몸져눕고 집안 형편은 말이 아니었다. 수남이는 드디어 어느 날 형이 그랬던 것처럼 서울 가서 돈 벌어 오겠다고 집을 나섰다. 아버지는 말리지 않았다. 문지방을 짚고 일어나 앉아서 띄엄띄엄 수남이를 타일렀다.

"무슨 짓을 하든지 그저 도둑질만은 하지 말아라, 알았쟈?"

그런데 도둑질을 하고 만 것이다. 하지만 수남이는 스스로 그것은 결코 도둑질이 아니었다고 변명을 한다.

그런데 왜 그때, 그렇게 떨리고 무서우면서도 짜릿하니 기분이 좋았던 것인가? 문제는 그때의 그 쾌감이었다. 자기 내부에 도사린 부도덕성이었다. 오늘 한 짓이 도둑질이 아닐지 모르지만 앞으로 도둑질을 할지도 모르겠다는 생각이 들었다. 형의 일이 자기와 전연 무관한 일이 아니란 생각이 들었다.

소년은 아버지가 그리웠다. 도덕적으로 자기를 견제해 줄 어른이 그리웠다. 주인 영감님은 자기가 한 짓을 나무라기는커녕 손해 안 난 것만 좋아서 "오늘 운 텄다."라고 좋아하지 않았던가.

수남이는 짐을 꾸렸다. 아아, 내일도 바람이 불었으면. 바람이 물결치는 보리밭을 보았으면.
마침내 결심을 굳힌 수남이의 얼굴은 누런 똥빛이 말끔히 가시고, 소년다운 청순함으로 빛났다.

＊《쟁이들만 사는 동네》(1986, 샘터)에 실린 것을 바탕으로 함.

검부러기 가느다란 마른 나뭇가지, 마른 풀, 낙엽 따위의 부스러기.

고깝다 섭섭하고 야속하여 마음이 언짢다.

골백번 '골'은 '만(萬)'을 뜻하는 토박이말이다. 백 번을 다시 만 번이나 되풀이한다는 뜻으로, '여러 번'을 강조하거나 과장되게 표현한 것이다.

다후다 태피터(명주실로 짠 광택이 있는 얇은 천).

단박 그 자리에서 바로.

대수 대단한 것.

도사리다 마음이나 생각 따위가 깊숙이 자리 잡다.

도시 도무지. 아무리 해도.

동하나 어떤 욕구나 감정 또는 기운이 일어나다.

들까불다 행동이나 말이 가볍고 조심성 없이 행동하다.

땡전 아주 적은 돈.

똥통 형편없거나 낡아 빠진 물건을 따위를 속되게 이르는 말.

뙤놈 되놈. 중국 사람을 낮잡아 이르는 말.

몸서리치다 몹시 싫어하거나 무서워서 몸이 떨리다.

벽력 벼락.

벽력같이 목소리가 매우 크고 우렁차게.

분결 분(얼굴빛을 곱게 하기 위하여 얼굴에 바르는 화장품의 하나)의 곱고 부드러운 결.

불호령 몹시 심하게 하는 꾸지람.

빈들대다 부끄러운 줄 모르고 게으름을 피우며 뻔뻔스럽게 놀기만 하다.

빈지문 한 짝씩 끼웠다 떼었다 하게 만든 문. 비바람을 막기 위하여 덧대는 구실로 쓰였다.

생경하다 잘 익지 아니하여 딱딱하다.

생채기 손톱 따위로 할퀴어지거나 긁히어서 생긴 작은 상처.

숙직 관청, 회사, 학교 따위의 직장에서 밤에 교대로 잠을 자면서 지키는 일.

악질 못된 성질. 또는 그 성질을 가진 사람.

안달 속을 태우며 조급하게 구는 일.

양품점 서양식으로 만든 물품 가운데 특히 의류나 장신구 따위를 전문적으로 파는 가게.

어릿어릿하다 말과 행동이 활발하지 못하고 자꾸 생기 없이 움직이다.

어엿하다 행동이 거리낌 없이 아주 당당하고 떳떳하다.

웃더껑이 물건의 위에 덮어 놓는 물건을 이르는 말.

육시랄 '육시를 할'이라는 뜻으로, 상대를 저주하여 욕으로 하는 말. '육시'는 이미 죽은 사람의 시체에 다시 목을 베는 형벌을 가하는 것을 이르는 말이다.

육친애 혈족 관계에 있는 사람들 사이의 애정. 또는 그와 같은 정.

은은히 겉으로 뚜렷하게 드러나지 아니하고 어슴푸레하며 흐릿하게.

인편 오거나 가는 사람의 편.

임자 나이가 비슷하면서도 잘 모르는 사람이나, 알고는 있지만 '자네'라고 부르기가 거북한 사람, 또는 아랫사람을 높여 이르는 이인칭 대명사.

자자하다 여러 사람의 입에 오르내리며 떠들썩하다.

자초지종 처음부터 끝까지의 과정.

적이 꽤 어지간한 정도로.

전공 전기공. 발전, 변전, 전기 장치의 가설 및 수리 따위의 직업에 종사하는 직공.

질풍 몹시 빠르고 거세게 부는 바람.

평판 세상 사람들의 비평.

함석지붕 함석(표면에 아연을 도금한 철판)으로 인 지붕.

현장 검증 법원이나 수사 기관이 범죄 현장이나 기타 법원 외의 장소에서 실시하는 검증.

호령 큰 소리로 꾸짖음.

환성 기쁘고 반가워서 지르는 소리.

황공하다 위엄이나 지위 따위에 눌리어 두렵다.

회심 마음에 흐뭇하게 들어맞음. 또는 그런 상태의 마음.

깊게 읽기

묻고 답하며 읽는
〈자전거 도둑〉

배경

인물·사건

작품

1_ 소설 속 풍경

세운상가는 어떤 곳인가요?

수남이는 왜 학교에 안 다니나요?

야학이 무엇인가요?

왜 자꾸 바람이 불어 대나요?

2_ 공포와 쾌감 사이

전선 도매집 주인이 아가씨의 치료비를 물어줘야 하나요?

신사는 왜 자전거에 자물쇠를 채웠나요?

수남이는 왜 자전거를 들고 도망가나요?

주인 영감은 어떤 사람인가요?

수남이가 한 행동은 도둑질인가요?

3_ 깨달음을 통한 성장

'누런 똥빛'의 의미는 무엇인가요?

수남이는 왜 아버지를 그리워하나요?

수남이의 형은 왜 빈손으로 돌아왔을까요?

수남이는 왜 짐을 꾸리나요?

수남이는 앞으로 어떤 모습으로 살아갈까요?

주제

1

소설 속 풍경

세운상가는 어떤 곳인가요?

수남이는 청계천 세운상가 뒷길의 전기용품 도매상의 꼬마 점원이다.

1970년대 세운상가

수남이가 일하는 곳은 세운상가 주변이에요. 세운상가는 청계천과 종로 사이에 있어요. 지금과는 달리 1970년대는 청계천과 종로가 서울의 중심가여서 사람들이 많이 지나다녔어요. 그래서 세운상가에는 상점들이 많았고, 장사도 아주 잘되었지요.

세운상가는 주로 전자 제품, 조명 기구, 공구 등을 파는 상점이 많았어요. 이 상가에서 얼마나 많은 제품을 팔았던지, "세운상가를 한 바퀴 돌면 비행기도 만들 수 있다"고 할 정도였답니다. 그만큼 다양한 상점이 있었고, 그 덕분에 장사가 아주 잘됐죠. 장사가 잘되니 상점 주인은 점원을 두어 일을 시켰고요.

소설 속의 '주인 영감'도 세운상가 주변의 전기용품 도매상인이에요. 수남이는 그 상점의 점원이고요. 도매상은 물건을 한꺼번에 많이 싸게 사서 가지고 있다가 소매상에게 다시 되팔면서 이익을 얻는 상점을 말해요.

　세운상가는 1968년에 지어진 국내 최초의 주상 복합 건물로, 당시에 국민들의 큰 관심을 받았대요. 왜냐하면 당시 서울에서 몇 손가락 안에 들 정도로 매우 큰 건물이었고, 경제를 일으키기 위해 국가에서 중요하게 생각한 일이었기 때문이에요. 그래서 그 이름도 '세상의 기운이 이곳으로 모이라'는 뜻을 담아 '세운(世運)상가'로 지었답니다. 그리고 상가 위쪽은 당시로서는 최고급 시설을 갖춘 아파트였어요.

　그러니 수남이가 시골에서 무작정 서울로 올라와 세운상가 주변에서 일을 하게 된 것은 자랑할 만한 일이었을 거예요.

오늘날의 세운상가

1970년대 경제 성장기에 '한국의 실리콘 밸리'라고 불리던 세운상가가 이제는 옛 모습을 찾아볼 수 없을 정도로 변해 버렸어요. 세운상

가의 모습이 얼마나 낡아 보였던지, 〈초능력자〉라는 영화에서 으스스
한 배경으로 이 건물이 등장했을 정도예요. 예전에 활력이 넘치던 세
운상가의 모습은 지금은 온데간데없어요. 점포들은 곳곳이 비어 있
고, 사람과 물건으로 북적이던 복도도 썰렁하기만 해요.

　세운상가가 이처럼 변한 것은 무리한 도시 계획 때문이에요. 세운
상가를 헐고 그곳에 고층 건물을 짓고 그 사이로 숲길을 만들려고
했지요. 계획대로 되었으면 서울 종묘에서 남산까지 새로운 숲길이 생
겼을지도 몰라요. 하지만 공사는 순조롭게 진행되지 못했어요. 그 과
정에서 많은 상점들이 떠나면서 손님들의 발길이 뚝 끊기게 되어, 한
낮에도 인적이 드문 쓸쓸한 상가가 되어 버렸어요.

　수남이가 자전거로 배달을 하면서 누비던 세운상가의 활기찬 모습
을 다시 볼 수 있을까요?

수남이는 왜 학교에 안 다니나요?

고등학교 교복은 수남이의 심장에 짜릿한 감전을 일으키며 가슴을 온통 마구 휘젓는 이상한 힘이 있었다.

수남이가 얼마나 학교에 가고 싶었으면 자기 또래의 고등학생만 보면 가슴이 짜릿짜릿했을까요? 요즘 학생들은 그것이 어떤 기분인지 이해하지 못할 것 같아요. 지금이라면 열여섯 살에 학교를 다니는 것이 당연한 일이지만 이 소설의 배경이 되는 1970년대엔 그렇지 않았어요. 이 시대에 초등학생이 중학교로 진학하는 비율은 약 70퍼센트 정도였다는 자료가 있어요. 수남이처럼 시골에 사는 학생들은 도시에 사는 학생들에 비해 상대적으로 진학률이 더욱 낮았겠지요. 당시에 서울의 공장에서 일했던 대부분의 직공들은 초등학교를 갓 졸업하고 상경한 시골의 어린 소년, 소녀들이었으니까요.

'서울 가서 돈 벌어 오겠다'고 집을 나선 수남이도 가난한 집안 형편 때문에 학교를 가지 못하고 돈을 벌어야 했어요. 수남이가 살았던 시대는 우리나라가 농경 사회에서 급격히 산업 사회로 옮겨 가던 때였어요. 사회의 경제

구조가 공업화 중심으로 돌아가다 보니 농촌은 낙후될 수밖에 없었고, 남의 땅을 빌어 소규모로 농사를 짓던 농민들은 농사를 지으면서도 오히려 빚이 늘어나 가난을 벗어나기가 힘들었어요.

이런 상황에서 많은 자녀들을 모두 학교에 보낼 수는 없는 노릇이니, 자식들 가운데 한 명만 중학교 이상으로 진학시키는 경우도 많았어요. 가난한 집안 살림을 돕기 위해, 혹은 다른 형제의 진학을 돕기 위해 돈을 벌러 도시로 떠나는 청소년들이 생겨나게 되었지요. 살기 어려워지는 농촌과는 달리 도시에는 수많은 공장들이 생겨났고, 일할 사람들이 필요했기 때문에 중학생 또래의 청소년들이 공장에서 일하는 것은 흔한 일이었어요.

오늘날과 다르게 수남이가 살던 시대에는 많은 청소년들이 학교를 다닐 수 없었기 때문에 학교를 다니는 것만으로도 성공이라 여겼어요. 실제로도 고등학교, 대학교를 졸업하면 저학력자에 비해 힘들지 않고 안정된 직장이 기다리고 있기도 했고요. 수남이도 이러한 미래를 꿈꾸었기에 일을 마친 후에 밤마다 공부를 하며 야학에 들어갈 계획을 세우고 있었던 것입니다.

그러니까 수남이는 학교에 안 다닌 것이 아니고 형편이 안 되어 못 다닌 거랍니다.

야학이 무엇인가요?

"꼬마야, 그럼 너 요새 어디 야학이라도 다니니?"
하며 은근히 부러워하는 눈치까지 보였다. 그러면 영감님은 딱하
다는 듯이 혀를 차며,
"아니, 야학은 아무 때나 들어가나. 똥통 학교라면 또 몰라. 수남
이는 내년 봄에 시험 봐서 들어가야 해. 야학이라도 일류로. 그래
서 인석이 그저 틈만 있으면 책이라고. 허허……."

'밤에 공부하는 것' 혹은 '야간 학교'를 줄여서 '야학'이라고 해요. 요
즈음은 대부분의 청소년이 고등학교까지 졸업하고, 고등학교를 졸업
한 후에 대학교에 진학하지요. 하지만 예전에는 청소년이라고 해서
당연히 학교에 다니는 것은 아니었어요. 가정 형편이 어려운 경우에
는 수남이처럼 중학교를 졸업하고 서울에 올라와 일을 해서 돈을 벌
어야 했죠. 이처럼 공부를 중간에 포기할 수밖에 없던 사람들이 뒤늦
게 다시 공부를 하는 곳이 야학이에요.
　누가 시키지도 않는데 왜 공부를 하고 싶어서 밤에 학교를 다니고
싶어 할까요? 만일 여러분이 수남이처럼 어린 나이에 아침 일찍부터
밤 열한 시까지 하루 종일 일만 한다고 생각해 봐요. 물론 돈을 벌어
서 고향의 가족에게 보내 줄 수 있으니까 뿌듯하겠죠. 하지만 일 년

내내 하루에 16~18시간 동안 가게 일만 한다고 생각해 봐요. 몸이 무척 피곤한 것은 물론이고 똑같은 일만 되풀이하니까 지겹지 않을까요? 또 자전거를 타고 배달을 가다가 교복을 입은 또래를 보면, '나도 저런 옷을 입고 싶다. 친구들과 어울리고 싶다'는 부러운 마음을 갖게 되는 것이죠. 그래서 수남이는 주인 영감이 야학을 들먹이면 고마워하면서 가게 일을 무척 열심히 한 거예요.

또 수남이가 야학에 다니고 싶어 한 이유는 경제적 형편이 어려웠기 때문이에요. 여러분이 다니는 학원은 돈을 내야 하지만, 야학은 돈이 없어서 배울 기회가 없었던 사람들을 위해 무료로 운영했어요. 야학을 세우고 야학 교사로 봉사했던 사람들은 돈을 벌기 위해 학교를 만든 것이 아니었죠. 그렇기 때문에 당연히 순수하게 봉사하는 마음으로 학생들을 가르쳤어요. 교사와 학생 모두 낮에는 직장에서 일을 하고 밤에는 야학에 와서 가르치고 배우는 일에 열심이었죠.

야학은 일제 강점기에 시작되었다고 해요. 일본은 우리나라를 강제로 점령한 후, 우리가 교육을 받고 의식이 깨어 저항을 할까 봐 민족 교육을 하지 못하도록 막았어요. 그러자 주로 지식인들이 야학을 열었어요. 일제의 지배에서 벗어나기 위해서는 글을 깨우치고 역사를 아는 것이 중요하다고 생각했기 때문이었죠.

해방이 된 이후에는 농촌이나 공장 지역에 야학이 많이 생겨났어요. 가난 때문에 배우고 싶어도 배우지 못하는 농민이나 도시 노동자들이 주로 야학의 학생이 되었죠. 농민들은 논밭에서 늦도록 농사일을 하고 나서 글을 깨우치기 위해 야학에 갔어요. 도시 노동자들도 늦은 밤까지 공장 일을 하고 나서 야학에 가 졸음을 참아 가며 공부를 했어요.

　오늘날에도 여러 가지 사정 때문에 학교를 중간에 그만둔 사람들이 다시 배울 수 있도록 여러 단체에서 야학을 운영하고 있어요. 주로 민간단체가 야학을 만들어서 운영하는데, 누구나 무료로 공부를 할 수 있도록 돕고 있어요. 예전과 마찬가지로 자원 봉사자들이 교사로 지원하여 검정고시를 준비해 주는 강좌뿐만 아니라, 교양을 습득하고 정보 통신 기술을 배울 수 있는 수업을 열기도 한답니다.

우리나라 사설 교육기관의 역사

고구려 - 경당

국가에서 세운 교육기관인 '태학(太學)'이 귀족 등 높은 계급에 속한 자제들을 위한 관리 양성 기관이었던 반면, 우리나라 최초의 사학인 '경당(扃堂)'은 계급에 상관없이 혼인 전의 자제들에게 독서와 무술을 가르치던 곳이었어요.

신라 - 화랑도

'화랑도(花郞徒)'는 무(武)를 중심으로 한 청년 집단으로, 인격을 완성하고 국가에 충성하며 상무(尙武) 정신을 배양하는 데 목표를 두었어요. 화랑은 본래 지체 높은 집안이나 귀족 출신의 청소년으로 조직된 민간단체였으나, 진흥왕 때 국가의 필요에 따라 조직과 형식을 갖추게 되었답니다.

고려 - 십이공도, 서당

'십이공도(十二公徒)'는 개경에 있던 12개의 사학으로, 문종 7년(1053)에 최충이 관학의 부진을 개탄하여 자기 집에 서당을 만들어 이웃 아동들을 교육한 데서 비롯했다고 해요. 교과목은 국가 교육기관이던 국자감과 비슷했고, 실천 윤리를 앞세웠어요. 이에 과거에 응하고자 하는 많은 학생들이 모여 성황을 이루자 다른 학자들도 잇따라 설립하여 모두 12개가 되었지요. '서당(書堂)'은 지방 서민의 교육기관으로, 민간의 미혼 자제들에게 글을 가르치던 곳이었어요.

조선 - 서당, 서원

'서당'은 초등 교육을 담당한 사립 교육기관으로, 고구려의 경당이나 고려의 서당과 비슷해요. 선비와 평민의 자제로서 사학(四學)이나 향교에 입학하지 못한 8, 9세에서부터 15, 16세에 이르는 아이들에게 유학을 가르치던 곳이었답니다. '서원(書院)'은 유학자와 공신을 숭배하고 그 덕행을 추모할 뿐 아니라 지방 유생들이 한자리에 모여 학문을 닦고 연구하는 곳이었어요. 나라에서도 이를 장려하자 전국 각처에 많이 생겨났다고 해요. 하지만 이후 본래 목적과는 다르게 당파를 형성하여 질서를 어지럽히게 되면서 많이 없어지게 되었어요.

왜 자꾸 바람이 불어 대나요?

이 소설에는 바람 부는 장면이 자주 나와요. 왜 자꾸 바람이 불어 대는 것일까요? 수남이가 일하는 곳의 '도시 바람'과 태어나 자란 곳의 '시골 바람'의 말을 들어 볼까요?

나는 사람을 해치는 재수 없는 바람이야. 전선 도매상점의 간판을 떨어뜨려 지나가던 아가씨의 머리를 크게 다치게 하지. 상인들은 나 때문에 재수 옴 붙었다고 생각해.

도시 바람 1

잡동사니를 날려 쓰레기 더미를 만들어, 사람들이 아무리 쓸어 내도 당해 낼 도리가 없도록 심술을 부리지.

도시 바람 2

수남이의 자전거를 넘어뜨려 고급 승용차에 흠집을 내게 했어. 그러자 수남이는 자전거를 들고 도망치게 되지. 사람들은 나 때문에 힘들어 해.

도시 바람 3

나는 수남이가 잃어버렸던 과거의 마음을 되찾게 하는 바람이야. 자전거 사건이 있고 난 후에 수남이는 내가 그리워서 짐을 꾸려 고향으로 돌아가게 되지.

시골 바람 1

보리밭을 우아하게 흔들고, 큰 나무가 안달 맞게 들까불게 하는 멋진 풍경을 만들어 내곤 해.

시골 바람 2

시골 바람 3

겨우내 잠자던 나무를 살아나게 하고, 봄기운을 몰고 와 꽃망울을 맺게 하는 마술을 부리기도 해. 나를 통해 자연과 사람이 다시 태어나게 되는 거야.

이 소설에서 도시의 바람은 손해와 이익을 먼저 따지는 사람들의 팍팍한 모습을 두드러지게 만드는 것이지만, 시골의 바람은 나무를 깨어나게 만들 듯이 사람이 자신의 원래 모습을 잃지 않도록 깨닫게 하는 것이라고 볼 수 있답니다.

공포와 쾌감 사이

2

전선 도매집 주인이
아가씨의 치료비를 물어줘야 하나요?

사람들은 모두 치료비를 톡톡히 부담해야 할 그 아저씨를 동정했다. 지랄스런 바람이지, 그 아저씨가 무슨 잘못이 있기에 생돈을 빼앗기냐고, 그렇지만 돈지갑 옆구리에 차고 부는 바람 못 봤으니, 그 재수 나쁜 아가씬들 그 재수 나쁜 아저씨한테 떼를 쓸밖에 도리 없지 않겠느냐고 사람들은 쑥덕댔다.

취재 파일 1234!

오늘의 사건 사고 소식입니다. 10일 오전 8시 30분쯤 서울시 종로구 장사동 ○○병원 사거리 부근. 태풍 '산바'의 영향으로 길 가던 행인(A씨, 28세)이 간판에 맞아 병원으로 후송되었습니다. A씨는 전선 도매집의 아크릴 간판을 정수리에 맞고 쓰러졌으며, 이를 목격한 전선 도매집 주인의 부축으로 병원으로 후송되었습니다. 전치 2주의 진단을 받은 A씨는 ○○병원 일반 병실에서 안정을 취하고 있으나, 아직도 그때의 충격에서 완전하게 벗어나지 못하고 있습니다.

사건을 조사 중인 종로경찰서는 전선 도매집 주인(B씨, 46세)을 상대로 사건 경위 등을 조사하고 있으나 병원비 걱정으로 안절부절못하고 횡설수설하는 B씨로 인해 조사가 지연되고 있습니다. 경찰은 바람이 너무 심하게 불어 이런 불상사가 일어났다는 시민들의 제보, A씨와 B씨의 진술 등을 확보해 정확한 경위를 조사하고 있습니다.

대놓고… 다짜고짜 욕설부터

길거리 싸움이 논란이 되고 있다. 유튜브에 '대놓고… 다짜고짜 욕설부터'라는 제목으로 10초 분량의 짧은 동영상이 올라왔다. 동영상은 한 여성과 남성이 바람에 날아온 간판 때문에 말다툼을 하는 모습이 담겨 있다. 여성이 "치료비를 달라"고 요구하자 남성은 "바람한테 달라고 해. 이 ×××야."라고 욕설을 내뱉으며 화를 참지 못했다.

영상을 올린 여성(A씨, 28세)은 "오늘 ○○병원 근처 길에서 간판 주인한테 욕을 먹었다"며 "너무 어이없어서 화도 안 난다"고 말했다. 네티즌들은 "무생물인 바람한테 치료비를 청구하다니 황당하다", "욕하는 건 예의가 아니다", "위로는 못 해 줄망정 예의라도 먼저 갖추길 바란다" 등의 반응을 보였다.

일각에서는 간판 주인 남성에게 '간판남'이라는 별명을 붙여 신조어를 만들어 부르기 시작했으며, 이 사건이 대법원까지 간다면 어떤 판결이 날지 그 귀추가 주목되고 있다. 또한 이 사건을 접한 한 법률학도는 '민법 제 758조'를 들어 다음과 같이 판결을 내릴 수 있음을 밝히고 있다.

- 간판남은 A씨에게 병원 치료비에 대한 적극적 손해 배상을 해야 한다.
- A씨는 간판남에게 정신적 충격에 대한 소정의 위자료를 청구할 수 있다.
- A씨는 무직이므로 간판남은 A씨에 대한 소극적 손해 배상 책임은 없다.

【민법 제 758조】 공작물의 설치 또는 보존의 하자로 인하여 타인에게 손해를 가한 때에는 그 손해에 대해 배상할 책임을 집니다.

배상의 범위

1. 치료비 등 적극적 손해

2. 소정의 위자료(정신적 손해)

3. 치료 기간 동안 소득 활동을 하지 못함으로 잃는 소극적 손해

신사는 왜 자전거에 자물쇠를 채웠나요?

엄청난 기세로 바람이 몰아닥친 순간, 수남이의 자전거가 신사의 고급차 쪽으로 쓰러지면서 흠집을 남겼어요. 그리고 신사는 수리비를 가져와야만 자전거를 돌려준다고 하며 자물쇠를 채워 버리지요. 그러면 신사는 어떤 사람이기에, 왜 자물쇠를 채웠을까요?

승용차를 타고 다니는 것을 보면, 우선 신사는 부자예요. 승용차는 1960년대 후반부터 국내에서 만들어져 보급이 되었어요. 외산차(수입차)는 국빈들만 탈 수 있었고, 국내 승용차도 재벌이나 돈이 아주 많은 소수의 사람들만이 몰고 다녔지요. 그러니 신사에게 오천 원은 큰 금액이 아니었을 거예요. 반면 수남이는 시골에서 돈을 벌기 위해 서울로 올라온 가난한 소년이에요. 학교는커녕 야학조차 다니지 못해요. 그런 수남이에게 자동차 수리비 오천 원은 아주 큰돈이었겠죠.

부자인 신사는 가난한 수남이를 봐주지 않을 만큼 이기적이고 인정이 없는 인물이에요. 바람 때문에 자전거가 쓰러진 것인데도 무조건 수남이에게 수리비를 요구해요. 그리고 수남이가 수리비도 안 주고 그냥 도망치려 한다고 생각해 자전거에 자물쇠를 채워 버려요. 수남이가 일을 하려면 반드시 자전거가 필요한데, 수남이의 약점을 잡아 돈을 받아 내려 한 것이지요.

또 신사는 단순히 이기적인 성격을 보여 주는 인물을 넘어서, 물질을 중시하는 가치관으로 변해 가고 있는 사회의 한 단면을 보여 주지요. 소설의 배경이 되고 있는 시대에는 경제가 발전하면서 정신적인 가치나 정(情)보다는 물질적인 가치만을 중시하는 비양심적인 사람들이 급격하게 많아졌어요. 신사는 바로 이러한 사회로 변해 가는 시대 속에서 만들어진 이기적인 도시 사람을 대표하는 것이지요.

작가는 수남이의 자전거에 자물쇠를 채우는 신사를 통해, 어떻게든 돈 오천 원을 받아 내려는 신사의 욕심과 더불어 사회의 단면을 보여 주고 싶었던 게 아닐까요. 바로 인간의 정보다는 물질 자체가 중요한 목적이 되는 비인간적인 사회로 변해 가는 그 모습을요.

이기적이고 삭막한 물질 중심의 도시 가운데에 신사가 서 있네요.

1970년대 국산 승용차

수남이를 '자전거 도둑'으로 만든 신사의 고급 승용차는 어떤 것이었을까요?
1960년대에 본격적으로 자동차 회사가 설립되면서 우리나라에서도 자동차를 대량 생산하기 시작했어요. 하지만 당시는 선진국의 자동차를 들여와 조립하는 수준이었지요. 이때부터 1970년대 중반까지 우리나라에서 생산된 승용차들을 한번 알아볼까요?

새나라(1962, 새나라자동차)
일본 닛산의 소형차인 61년식 블루버드의 부품을 수입해 조립한 자동차. 1200cc. 1963년 5월까지 2000여 대 생산.

코로나(1966, 신진자동차)
일본 도요타와 기술 제휴. 1490cc. 3단 변속기 장착. 우리나라 도로 사정에 알맞다는 평을 받으며 인기를 끌어 1972년 11월까지 4만 대 이상 생산.

크라운(1967, 신진자동차)
일본 도요타가 자체 개발한 모델을 국내에서 조립해 생산한, 최초의 2000cc 고급 승용차. 1972년 7월까지 3800여 대가 생산.

코티나(1968, 현대자동차)
미국 포드사와 기술 제휴. 1598cc. 최고 속도

160km/h. 1년 만에 5000대를 생산. 1971년 '뉴코티나' 출시.

포드 20M(1969, 현대자동차)
미국 포드사에서 도입한 모델. 1955cc. 4단 수동 변속기. 최고 속도 160km/h. 1973년 6월까지 생산된 고급차.

피아트(1970, 아시아자동차)
이탈리아 피아트와 기술 제휴로 생산한 모델. 엔진 성능과 내구성이 좋아 큰 인기를 누림. 1197cc. 최고 속도 145km/h.

시보레(1972, GM코리아자동차)
코로나의 후속 모델. 1700cc. 연비가 나쁘고 국내 실정에 부적합하여 판매가 저조함. 1976년에 '카미나'라는 이름으로 신형 출시.

포니 (1975, 현대자동차)
한국 최초의 순수 국산 모델. 1238cc. 첫해 1만 726대를 판매한 이후 약 29만 4000대를 생산, 판매함.

수남이는 왜 자전거를 들고 도망가나요?

수남이는 자기편이 되어 준 이 많은 사람들을 도저히 배반할 수 없었다. 이상한 용기가 솟았다. 수남이는 자전거를 마치 검부러기처럼 가볍게 옆구리에 끼고 질풍같이 달렸다.

'수남이가 왜 그랬을까? 나라면 안 그랬을 텐데.'라고 생각하며 소설을 읽었나요? '수남이는 그럴 아이가 아닌데.' 하면서도 결국 수남이의 행동에 실망했나요?

우리가 어떤 사람에 대해서 정말 잘 알고자 한다면, 겉으로 드러난 사실만 가지고 그 사람을 판단해서는 안 돼요. 그러면 그 사람을 온전히 이해할 수 없거든요. 보이는 행동 이면에 있는 그 사람의 마음을 보려고 할 때 진짜 그 사람을 이해할 수 있답니다. 수남이의 행동을 질타하기 전에 수남이의 마음속을 들여다봐요.

우리는 살아가면서 많은 일을 겪게 돼요. 그중에는 우리가 원하지 않았던 일들도 있겠지요. 수남이에게는 '자전거 사건'이 바로 그랬어요. 그때 수남이는 어땠을까요? 처음에 수남이는 많이 불안했을 거예요. 어른스러워 보여도 수남이는 아직 열여섯 살일 뿐이니까요. 고향이 그리워지면 울고 싶은 아직 앳된 아이 말이에요.

또 주인 영감의 얼굴이 떠올라서 많이 두려웠을 거예요. 수남이는

주인 영감을 아버지처럼 생각해요. 그래서 주인 영감이 수남이에게
머리를 쓰다듬으며 해 주는 칭찬(물론 주인 영감은 다른 의도가 있었
지만요)은 수남이가 힘든 서울 생활을 견딜 수 있게 해 주는 힘이 돼
요. 그런데 고급 자동차에 흠집이 나서 큰돈을 물어줘야 하는 상황
이 됐으니 수남이는 아버지처럼 여기는 주인 영감의 인정을 혹시라도
잃게 될까 봐 겁도 많이 나고 두려웠을 거예요.

　울음이 왈칵 솟구친다. 그러자 제 얼굴도, 차체의 흠도 아무것도
안 보이고 온 세상이 부옇게 흐려 보일 뿐이다.

심리학자들은 수남이와 같이 두려움과 불안이 높아지는 상황에 처하게 되면 그 불안을 없애기 위해 일단 그 상황에서 벗어나고 싶어한다고 설명해요. 그리고 자기 자신을 방어하게 된다고도 하고요. 여러분도 그런 경험 있지 않나요? 신사로부터 강한 심리적 압박감을 느끼고 있던 수남이는 일단 그 자리에서 벗어나고 싶었을 거예요.

수남이가 본능적으로 그 자리를 벗어나고 싶다고 느끼고 있을 때, 수남이에게 도망갈 용기를 주는 상황이 생기게 되지요. 사람들이 무슨 일인가 하고 몰려들었던 거예요. 몰려든 사람들은 수남이의 편을 들어 줘요. 사람들의 눈에 비친 수남이의 모습은 신사와 대비돼 더 초라해 보였거든요. 그리고 사람들은 어수룩해 보이는 수남이가 일부러 그런 것 같지도 않고 '바람' 때문에 일어난 일인 것을 금방 알아차렸던 것 같아요. 불가피하게 벌어진 일을 가지고 '있는 사람'이 어린아이를 상대로 돈 내놓으라고 말하는 상황이 은근히 싫었던 것도 한몫했겠죠? 아마 그 순간 수남이는 불안감과 두려움을 혼자 감당하다가 자기편을 들어 주는 많은 사람들이 고맙게 느껴지기까지 했을 거예요.

결국 불안과 두려움에 떨다 도망칠 용기가 생긴 수남이는 자전거를 들고 뛰기 시작합니다. 그리고 뛰면서 두려움과 더불어 이상한 쾌감을 동시에 느끼게 되지요.

'이제 신사에게 돈을 안 뺏겨도 돼! 이제 괜찮아. 괜찮아!'

수남이는 자전거가 무거운지도 모르고 그렇게 계속 달리고 또 달린답니다.

여러 가지
방어 기제

'방어 기제'는 심리학에서 사용하는 용어입니다. 이는 '자아가 위협받는 상황에서, 무의식적으로 자신을 속이거나 상황을 다르게 해석하여 감정적 상처로부터 자신을 보호하는 심리 의식이나 행위'를 가리키는 말이에요. 수남이가 자전거를 들고 도망가는 것도 죄책감이나 불안에서 벗어나기 위한 일종의 방어 기제라고 볼 수 있답니다.

방어 기제에도 여러 가지 종류가 있어요. 어떤 것들이 있는지 살펴볼까요?

부정 : 어떤 일이나 생각, 느낌을 있는 그대로 받아들이는 것이 고통스러울 때, 그것을 인정하지 않고 거부해 버리는 것.
(예) 불치병 진단을 받은 환자가 자기는 그런 병에 걸렸을 리 없다고 부인하는 것.
억압 : 불쾌한 경험이나 받아들여지기 어려운 욕구, 반사회적인 충동 등을 무의식 속으로 몰아넣거나 생각하지 않도록 억누르는 것.
(예) 죽을 뻔했던 교통사고의 기억을 잊어버리는 것.
합리화 : 자책감이나 죄책감을 느끼지 않기 위해 현실을 왜곡하는 것으로, 원하는 행동을 하지 못했거나 원하는 결과를 얻지 못했을 때 그럴듯한 이유를 찾아내 자아가 상처 받는 것을 방지하는 것.
(예) 입사 면접에서 떨어졌을 때 차별이나 부정한 방법 때문에 떨어졌다고 생각하는 것.
투사 : 자신이 받아들일 수 없는 생각이나 욕망 등을 자신이 아닌 다른 사람이나 외부 환경 탓이라고 생각하는 것.
(예) 내가 어떤 사람을 싫어하는데 그것을 인정하는 것이 불편할 때, 그 사람이 나를 싫어한다고 여기는 것.
동일시 : 두려움을 불러일으키는 것을 자신과 동일화, 즉 닮아 가게 하여 그 두려움을 극복하는 것.
(예) 무서운 아버지 밑에서 자란 아들이 아버지와 닮아 가는 것.
퇴행 : 미성숙한 상태로 돌아가는 것으로, 스스로 자신이 없거나 실패할 가능성이 높은 행동 등을 해야 하는 상황에서 어린 시절로 돌아감으로써 불안을 없애려는 것.
(예) 동생이 태어날 때 보이는 첫째 아이의 모습.
전위 : 내적인 충동이나 욕망을 관련된 대상이 아닌 다른 대상에게 분출하는 것.
(예) 종로에서 뺨 맞고 한강에서 눈 흘기는 경우, 직장 상사에게 혼나고 애인에게 화풀이하는 경우.

주인 영감은 어떤 사람인가요?

주인 영감은 수남이에게 외로운 도시 생활에서 정(情)을 느낄 수 있는 유일한 사람이었어요. 비록 주인과 점원의 관계이지만 따뜻하고 훈훈한 큰 손으로 머리도 쓰다듬어 주고, 누군가 알밤을 먹이면 호되게 야단도 쳐 주었어요. 이런 주인 영감의 모습은 수남이가 힘든 점원 생활을 견디게끔 하는 힘이 되었죠. 특히 주인 영감이 주변 사람들에게 다음과 같이 얘기를 할 때면 더더욱요.

"왜 하필 남의 머리를 쥐어박어? 채 굳지도 않은 머리를. 그게 어떤 머린 줄이나 알고들 그래, 응? 공부 많이 해서 대학도 가고 박사도 될 머리란 말야. 임자들 같은 돌대가리가 아니란 말야."

"아니, 야학은 아무 때나 들어가나. 똥통 학교라면 또 몰라. 수남이는 내년 봄에 시험 봐서 들어가야 해. 야학이라도 일류로. 그래서 인석이 그저 틈만 있으면 책이라고. 허허……."

수남이는 이런 말을 해 주는 주인 영감님을 위해서라면 뼛골이 부서지도록 일을 할 수 있었고, 월급을 좀 적게 주어도 괜찮았어요.

그러나 주인 영감은 서울에서 닳고 닳은 장사꾼으로, 눈치가 빠른 사람이었어요. 그래서 수남이가 한 번도 공부를 하고 싶다는 말을 비친 적이 없지만 "그저 틈만 있으면 책"이라고 남들 앞에서 거짓말로 수남이를 추켜세우며 감미로운 말로 수남이의 마음을 휘저어 놓기도 해요.

또, 점원이 적어도 세 명은 있어야 해낼 가게 일을 열여섯 살 수남이 혼자서 모두 감당하도록 하고도 뻔뻔했어요. 남들이 주인 영감에게 "꼬마 혼자 데리고 벅차시겠습니다. 좀 큰 애 하나 더 쓰셔야죠"

하면 벌레라도 씹어 먹은 듯이 인상을 쓰고 흘겨보며 싫어했어요. 미성년자인 수남이에게 가게 일을 다 시키면서도 더 이상 점원을 구할 생각을 하지 않는 것을 보아도 그 사실을 알 수 있지요. 주인 영감이 사실은 듣기 좋은 달콤한 소리로 수남이를 부려먹는데도, 순진한 수남이는 그것도 모르고 거칠고 큰 손으로 머리를 쓸어 주거나 얼굴을 감싸 주는 것을 마냥 좋아해요. 그래서 주인 영감이 월급을 좀 짜게 줘도 후한 월급을 부러워하지 않았고, 혹사당해도 억울하다는 생각을 하지 않아요. 오히려 주인 영감의 그런 행동에 기분이 좋아 그 시간을 기다리고 좋아해요. 수남이가 가게 일을 잘 해내어 만족스러울 때만 수남이의 머리를 쓰다듬어 주는데도 말이죠.

그러던 어느 날, 수남이에게 재수 옴 붙은 사건이 일어나요. 바람이 심하게 불던 날 배달 갔다 일어난 사건 말이에요. 바람이 거칠게 불던 날 신사와의 시비 끝에 수남이가 자전거를 들고 도망 왔을 때, 주인 영감은 이렇게 말해요.

"잘했다, 잘했어. 맨날 촌놈인 줄만 알았더니 제법인데, 제법야."
"네놈 오늘 운 텄다."

수남이가 한 짓을 나무라기는커녕 손해 안 난 것만 좋아하죠. 수금한 돈을 뺏기지 않고 악착같이 받아 와 손해를 안 본 것에 대해 만족감을 드러낸 주인 영감은 자신에 대한 수남이의 생각이 어떻게 변했는지 몰라요. 엎드려서 자전거에 채워진 자물쇠를 분해하는 주인 영감이 흡사 도둑놈 두목 같아 정이 떨어지고 싫어졌는데도 말이에요.

주인 영감은 손해를 보지 않은 것을 기뻐하며 수남이에게 으레 했던 것처럼 머리를 쓰다듬고 얼굴을 귀여운 듯이 감싸 줘요. 주인 영감이 기분이 좋을 때면 수남이에게 하는 애정의 표시예요. 주인 영감은 이익 앞에서는 얼마든지 좋은 사람이 될 수 있지만, 물질적 손해 앞에서는 언제든지 얼굴을 바꿀 수 있는 사람이에요. 어쩌면 주인 영감에게 수남이라는 존재는 자신의 소중한 돈을 아껴 주고 부리기 쉬운 점원일 수도 있어요. 사실 "네놈 오늘 운 텄다."라고 한 것은 수남이에게 하는 말이 아니라 자신의 소중한 돈을 잃지 않아 운이 텄다고 자신에게 말하는 것인지도 몰라요.

주인 영감은 꼭 김유정의 소설 〈봄봄〉에 나오는 봉필이 같아요. 혼인을 핑계로 어수룩한 '나'를 3년 7개월 동안 부려먹은 장인어른이요. '나'가 딸의 나이가 찼으니 성례를 시켜 달라고 하면, 봉필이는 딸인 점순이의 키가 미처 자라지 않아서 성례를 시켜 줄 수 없다고 해요. 알고 봤더니 재작년 가을에 시집간 맏딸의 데릴사위는 열 명이나 갈

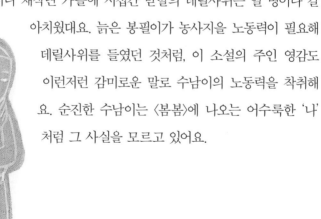

아치웠대요. 늙은 봉필이가 농사지을 노동력이 필요해 데릴사위를 들였던 것처럼, 이 소설의 주인 영감도 이런저런 감미로운 말로 수남이의 노동력을 착취해요. 순진한 수남이는 〈봄봄〉에 나오는 어수룩한 '나'처럼 그 사실을 모르고 있어요.

수남이가 한 행동은 도둑질인가요?

수남이의 자전거가 바람에 넘어져 신사의 고급 승용차에 부딪쳐 흠집이 난 것 때문에 신사는 수남이에게 오천 원을 물어내라고 해요. 한 번만 봐 달라는 수남이의 말을 외면하고 신사는 수남이의 자전거에 자물쇠를 채우고 가 버리죠. 수남이는 자신의 자전거를 들고 도망을 치게 돼요. 이때 수남이가 한 행동은 도둑질일까요? 도둑질이 아닐까요? 상반되는 두 주장의 근거를 읽고 판단해 봅시다.

네 책임이 아니야!

수남아! 자전거를 쓰러뜨린 것은 네가 아니라 바람이야. 그리고 만약 책임을 져야 한다면, 주인 영감이 져야지. 왜냐하면 바람이 세차게 부는데 너에게 자전거로 배달을 시켰으니까.

네 책임이야!

수남아! 자전거가 바람에 쓰러져 네가 곤란해진 것은 참 유감이야. 뜻하지 않은 사고지만 결국 누군가는 책임을 져야 해. 신사는 피해를 입은 사람이니까 네가 어떻게든 책임져야 했어.

어쩔 수 없는 선택이었어!

수남아! 만약 네가 자전거를 신사에게 빼앗겼다면, 주인 영감에게 호되게 혼이 나고 상점에서 쫓겨나게 되었을 거야. 게다가 오천 원을 갚는 것이 너에게는 불가능한 일이었을 거야. 네 능력을 벗어난 일까지 책임질 수 없기 때문에 네 선택을 이해해.

신중하지 못한 선택이었어!

수남아! 만약 네가 주인 영감에게 가서 솔직하게 고백하고 도움을 요청했다면 다른 기회를 가질 수 있었을 거야. 신사가 요구한 오천 원이 큰돈이지만, 법에 호소하거나 주변의 도움으로 천천히 갚아 나갈 수도 있을 거야. 네 능력을 벗어난 일이라도 책임을 다하기 위해 노력하지 않아서 실망이야.

'내 것'을 도둑질할 수는 없어!

수남아! 그 자전거가 누구 것이지? 바로 네 것이야. 네가 네 자전거를 가져가는데 그걸 도둑질이라고 말할 수는 없다고 생각해.

'내 것'도 도둑질할 수 있어!

수남아! 네 자전거가 네 것이지만, 그것이 남에게 피해를 주었잖아. 신사가 피해를 입었는데, 네가 그 피해를 보상하지 않았잖아. 그런 경우에 그 신사가 네 자전거를 잠시 보관할 수 있어. 그것을 네가 가져간 것은 도둑질이라고 생각해.

3

깨달음을 통한 성장

'누런 똥빛'의 의미는 무엇인가요?

〈자전거 도둑〉에는 '누런 똥빛'이라는 표현이 세 번 나와요. 어떤 상황에서 인물들의 얼굴이 누런 똥빛이 되었는지 살펴보면 그 의미를 알 수 있어요.

주인 영감님 얼굴이 누런 똥빛인 것조차 지금 깨달은 것 같아 속이 메스껍다.

수남이가 자전거를 들고 뛰어온 까닭을 들은 주인 영감은 수남이에게 잘했다고 하며 자물쇠를 분해하죠. 수남이는 주인 영감의 그런 모습이 흡사 도둑놈 두목 같아 보여 정이 떨어지게 되고, 그때 주인 영감의 얼굴이 누런 똥빛이라는 것을 깨닫게 된답니다. 즉, 도둑놈 두목 같은 주인 영감의 모습이 누런 똥빛 얼굴과 연결된다고 할 수 있어요.

그날 밤 형의 누런 똥빛 얼굴은 정말로 못 잊겠다. 꼭 악몽 같다.

서울로 돈을 벌러 간 수남이의 형은 2년 만에 고향으로 돌아와요.

수남이의 형은 옷과 운동화와 과자와 고기를 한 짐이나 사 가지고 왔지만 그 사실을 이웃 사람들에게 숨기려 해요. 왜냐하면 그것들은 모두 도둑질을 해서 사 온 것이기 때문이지요. 수남이 형의 얼굴이 누런 똥빛이 된 것은 도둑질 같은 양심적이지 못한 행동을 했기 때문이겠죠?

마침내 결심을 굳힌 수남이의 얼굴은 누런 똥빛이 말끔히 가시고, 소년다운 청순함으로 빛났다.

수남이는 자전거를 들고 도망친 것이 도둑질이 아닐지 모르지만 앞으로 형처럼 도둑질을 할까 봐 걱정을 해요. 그래서 수남이는 도덕적

자전거를 들고 도망칠
생각을 다 하다니.
오늘 돈 벌었군.

무슨 짓을 해서라도
집에 돈을 갖고
가야만 해.

으로 자기를 견제해 줄 어른이 그리워지고 결국은 짐을 꾸립니다. 수 남이가 생각하기에 주인 영감님은 도덕적인 사람이 아니니까요. 자칫 하면 도둑이 될 수 있었던 수남이는 주인 영감을 떠나기로 결심하자 소년다운 청순한 얼굴을 지니게 됩니다. 그렇다면 누런 똥빛 얼굴이 란 청순함이 사라진 얼굴, 즉 자전거를 들고 도망치면서 쾌감을 느꼈 던 얼굴이라 할 수 있어요.

　주인 영감이나 수남이 형이 지닌 '누런 똥빛' 얼굴은 양심적이지 못 한 삶을 살아가는 사람들의 얼굴이라 할 수 있어요. 반대로 청순함 으로 빛나는 얼굴로 바뀐 수남이는 도덕적인 삶을 살아가려고 노력 하는 사람을 의미한다고 볼 수 있어요.

자전거를 들고
도망치니 쾌감이
느껴지는데?

아무리 힘들더라도
내 양심을 지키면서
살아가야 해.

소설 읽기 75

'잘산다'는 것은 무엇인가?

1970년대는 급격한 산업화의 바람을 타고 물질을 중시하는 세태도 번져 갔어요. 신문에 실린 사설 내용을 통해 당시 세태를 짐작해 볼까요?

목적과 수단, 뒤집힌 가치관

물질과 그 소유는 '잘산다'는 수단이 되어야 할 터인데, 인생의 목적 그 자체가 되어 간다는 서글픈 현실이다. 나라야 어찌 되건, 사회야 어찌 됐든, 또 남이야 어찌 되건 우선 나 혼자 잘살아야 한다는 식의 사고방식이 어느덧 이 사회에 뿌리 깊게 만연되어 있다. 그것은 한계를 모르는 물질 지상주의, 금력 만능주의, 권세 만능주의와 입신출세주의로 표상되고 있다.

하도 가난하고 어렵게 살다 보면 '가난이 원수 같다'고 해서 돈 버는 것을 무슨 복수나 하듯이 잔인하고 무자비하게 수단을 가리지 않게도 된다. 수단이 선하고 옳지 못할 때 아무리 잘살게 되었다 해도 그것은 잘산다는 목적을 이루지 못한 것이다. 이렇게 목적과 수단이 전도된 사회에서는 사람들의 생활 철학은 혼돈 상태에 빠지게 된다. 인간의 기본이 되는 양심도 무너지게 되고, 인간의 존엄성도 헌신짝처럼 버려지게 된다. 정직하고 양심적인 사람은 오히려 세상을 모르는 무능한 사람으로 대접받게 되고 참다운 인간의 가치와 생의 보람이 어디에 있는가를 분간할 수 없게 되어 물질화로 인한 인간 실격의 비정 사회가 남을 뿐이다.

자고로 사람은 만물의 영장이라고 하지만 물욕은 한이 없기 때문에 '천하를 다 동원하여 한 사람의 물욕을 채운다 해도 다 채우지를 못한다'고 하였다. 사실 불행하고 가난한 것은 적게 가진 사람이 아니라 무한을 갖겠다는 물욕에 사로잡힌 사람인 줄 안다.

- 《경향신문》 1974년 9월 30일자

76

수남이는 왜 아버지를 그리워하나요?

소년은 아버지가 그리웠다.

'아버지'는 가족을 고난과 어려움으로부터 지켜 내는 든든한 방어막이자 가족을 잘 이끌어 나가야 하는 책임감을 가진 존재예요. 사랑으로 자식들을 돌보지만 큰 산처럼 든든한 위엄과 가족을 바람직하게 이끌 올바른 가치관도 필요하지요.

수남이의 자전거가 바람에 넘어져 신사의 고급차에 흠집을 남긴 그날, 수남이는 신사가 자물쇠를 채운 자전거를 옆구리에 끼고 도망치죠. 수남이는 자전거를 들고 도망치면서 죄책감을 느끼지만 쾌감을 더 강하게 느껴요.

마치 참았던 오줌을 내깔길 때같이 무거운 억압이
갑자기 풀리면서 전신이 날아갈 듯이 가벼워지는
그 상쾌한 해방감 – 한 번 맛보면 도저히 잊혀
질 것 같지 않은 그 짙은 쾌감, 아아 도둑질
하면서도 나는 죄책감보다는 쾌감을 더 짙
게 느꼈던 것이다.

수남이는 그 쾌감 때문에 자신의 내부에 있는 부도덕성을 알게 되지요. 그리고 형을 떠올립니다. 시골에 돌아오면서 돈과 물건을 훔쳐 도둑이 되어 버린 형을요. 수남이는 자전거를 들고 도망친 일이 형이 한 도둑질과 비슷하다고 생각해요. 그런데도 수남이는 쾌감을 느낀 거예요.

그런 쾌감을 느낀 수남이에게 옆에 있는 어른인 주인 영감은 어떻게 했나요? 잘했다고 칭찬을 하지요. 수남이는 그런 주인 영감이 꼭 도둑놈 두목 같다고 여겨요.

그때, 수남이는 자기 자신을 바로잡아 줄 어른이 필요하다고 생각해요. 자신을 꾸짖어 주고 절대로 도둑질은 하지 말라고 말해 줄 어른, 물질을 중시하는 주인 영감과는 다른 정신적 지주가 될 수 있는 어른 말이에요. 시골에 계신 수남이의 아버지는 가난하지만 수남이에게 이렇게 말씀하셨죠.

"무슨 짓을 하든지 그저 도둑질만은 하지 말아라, 알았쟈?"

아버지는 자물쇠가 채워진 자전거를 들고 온 수남이에게 분명 화를 내셨을 거예요. 그리고 수남이 마음속에 도사린 비양심적 부분을 없애 주고 바른 가치관을 세워 주셨을 거예요. 그래서 수남이는 앞으로 도둑질을 할지도 모르는 자신을 바로잡아 줄 어른, 물질보다는 정신적 가치를 더 중요하게 여기는 아버지를 그리워했던 거예요.

수남이의 형은 왜 빈손으로 돌아왔을까요?

수남이의 형인 수길이는 서울로 돈을 벌러 가서 2년 동안 있었지만 결국 돈을 벌지 못한 채 집으로 돌아오게 되었어요. 2년 만에 빈손으로 집에 들어갈 수 없었던 수길이는 읍내 양품점에서 도둑질을 하고 결국 경찰에 붙잡혀서 끌려가게 되지요. 수길이가 왜 돈을 벌지 못했는지 소설에는 나와 있지 않지만 이 소설의 배경인 1970년대를 살펴보면 어느 정도 추측할 수 있답니다.

우리나라는 1970년대부터 국가가 주도해서 경제 성장 위주의 산업화 정책을 폈어요. 서울 같은 대도시를 중심으로 경제가 성장하면서 농촌의 경제는 처참해졌지요. 그 당시 농촌에서는 생활고에 허덕여 식구 수를 하나라도 줄이려고 여자아이들을 대도시로 식모살이 보내기도 했어요. 그리고 농촌보다 대도시에서 일을 해야 돈을 많이 벌 수 있을 거라는 생각에 많은 사람들이 도시로 모이게 되었죠. 그러다 보니 일할 사람이 넘쳐나서 상대적으로 임금은 줄어들게 되었답니다.

1970년대 초반에 특별한 기술이 없는 공장 직공들이 받는 임금은 만 원 정도였다고 해요. 고등학교를 졸업하고 집에만 있던 수길이에게 특별한 기술이 있었다고는 볼 수 없기 때문에 수길이가 서울에서 받은 월급도 그 정도 수준이었을 거예요. 게다가 서울 같은 대도시에는

수길이와 비슷한 처지의 젊은이들이 넘쳐났기 때문에 고용주들은 월급을 적게 주고도 노동자를 고용할 수 있었던 것이죠. 젊은이들은 우선 취업이라도 해야 했기 때문에 최저 생계비에도 미치지 못하는 월급을 받더라도 공장에서 사람을 구하는 광고가 나오면 구름처럼 몰려들었던 시절이었어요.

수길이는 장남이라는 책임감으로 서울에 와서 돈을 많이 벌고 싶었을 거예요. 하지만 수길이가 서울에서 할 수 있는 일이라고는 한 달에 만 원 정도 받는 일밖에 없었고 그 돈으로는 자신의 생계만 겨우 유지할 수 있을 뿐이었죠. 1970년의 물가를 살펴보면, 버스비 10원, 라면 20원, 자장면 100원, 쌀 40킬로그램 3000원, 방 한 칸 월세 3000원 정도였어요. 한 달간 밥만 먹고 생활을 해도 만 원 가까이 생활비가 들어가게 되죠. 그렇다면 월급으로 만 원을 받고 서울에서 생활하면서 저축을 한다는 것은 불가능한 일이었다고 할 수 있어요. 그래서 수길이는 2년간의 서울 생활을 마치고 집으로 돌아왔을 때 빈손일 수밖에 없었던 거랍니다.

1970년대 주요 품목의 물가

주요 품목	가격
담배 (1갑)	10원 (새마을 담배의 경우)
쇠고기 (1근, 정육 500g)	375원
돼지고기 (1근, 정육 500g)	208원
자장면 (평균가)	100원
라면 (실거래가)	20원
쌀 (40kg 한 가마)	2,880원
소주 (360ml)	65원
맥주 (500ml)	235원 (1974년 당시)
시내버스 요금 (일반, 편도)	10원
택시비 (기본요금)	60원
지하철 (기본요금)	30원 (1974년 개통 당시)
교통 범칙금 (신호 위반, 보통 차)	3,000원 (1973년 11월 금액)
교육비 (납입금 – 사립대 자연계)	126,400원 (당시 최고가)

375원

100원

65원

10원

3,000원

235원

2,880원

20원

수남이는 왜 짐을 꾸리나요?

수남이는 짐을 꾸렸다. 아아, 내일도 바람이 불었으면. 바람이 물결치는 보리밭을 보았으면.

돈을 많이 벌어 학교에도 다니고 성공하겠다는 부푼 꿈을 안고 서울에 올라온 수남이. 그런데 수남이는 그런 꿈을 이루지 못한 채 짐을 꾸립니다. 왜 짐을 꾸릴까요? 짐을 꾸려서 어디로 갈까요? 보리밭이 물결치는 시골로 가려는 것일까요?

수남이가 예기치 않게 자전거 도둑이 된 사건을 떠올려 보면 답을 찾을 수 있을 것 같아요. 낮에 자전거를 들고 뛰어온 수남이를 보고 주인 영감은 꾸짖지 않았어요. 오히려 "오늘 운 텄다"고 좋아하며 수남이의 머리를 쓰다듬고 볼과 턱을 만졌지요. 이유야 어찌 되었든 수남이가 한 행동이 귀여움을 받을 만한 일이거나 떳떳한 일은 아닌데 말이에요.

수남이는 저녁밥을 먹고 나서 혼자가 된 시간에 낮에 한 일을 곰곰이 생각해 봅니다. 자전거를 들고 달리면서 맛보았던 공포와 쾌감. 그런 행동을 하면서 죄책감보다 쾌감을 더 크게 느낀 것이 자기 안에 숨어 있는 부

도덕성이라는 생각을 하게 되지요. 그런데 주인 영감은 그런 수남이를 꾸짖기는커녕 오히려 손해 안 본 것만을 좋아했어요. 무슨 짓을 하든지 도둑질만은 하지 말라고 당부하셨던 아버지와는 매우 다른 모습이죠.

아버지라면 주인 영감처럼 좋아했을까요? 수남이 아버지라면 이렇게 말했을지도 몰라요.

"수남아! 네 탓이 아니다. 하지만 자전거를 들고 온 것은 분명히 네 잘못이다. 바람 때문이라고 해도 너의 실수로 생긴 일이니 마땅히 죗값을 치르고 왔어야 한다."

결국 수남이는 자신의 부도덕성을 견제해 줄 어른이 없음을 깨닫고 서울을 떠나야겠다는 결심을 하게 되는 것입니다. 양심에 어긋나는 행동을 했을 때 금전적 이익을 떠나 자신의 잘못을 호되게 꾸짖어 줄 수 있는 어른이 있는 곳, 고향으로 말이지요.

이 소설에서 수남이가 일하던 곳과 수남이가 짐을 꾸려서 가려고 하는 고향은 단순히 도시와 시골을 나타내는 것이 아니라 그 이상의 의미가 담겨 있다고 볼 수 있어요. 작가가 수남이가 살던 시대를 빌어 말하고 싶었던 것은 경제가 발전하면서 변해 가는 사람들의 마음이었거든요. 도시는 물질적 가치 이외에 다른 것들은 중요하게 여기지 않

왔던 사람들로 가득한 곳이지요. 이에 비해 보리밭이 물결치는 시골은 도덕과 양심이 살아 있는 곳으로, 수남이를 바른 방향으로 인도해 줄 수 있는 곳이에요.

그러니까 수남이가 짐을 꾸리는 것은 비정과 부도덕이 판치는 도시를 떠나 정이 넘치고 도덕적인 삶으로 이끌어 줄 어른이 있는 시골로 다시 돌아간다는 의미가 있겠지요. 떠나기로 결심을 굳힌 수남이의 얼굴이 비로소 밝아지는 대목에서 수남이가 양심을 지키려 노력하는 소년으로 그려지고 있는 것을 볼 수 있어요. 이런 수남이의 모습을 통해 시대를 넘어 우리가 지켜야 할, 추구해야 할 가치가 무엇인지 생각해 보게 된답니다.

집으로
가는 길

1993년에 발매한, 넥스트(NEXT)라는 그룹의 1집 앨범에 〈집으로 가는 길〉이라는 노래가 담겨 있어요. 시대와 상황은 다르겠지만, 이 노래 가사를 통해 수남이의 마음을 짐작해 볼 수 있을 것 같아요.

집을 떠나올 때엔 마음은 무겁고
모든 것은 침묵 속에 잠겨 있었네
어머니는 나에게 슬픈 눈으로
꼭 그래야 하느냐 했지
지금까지 내가 걸어온 길은
누군가가 내게 준 걸 따라간 것뿐
처음 내가 택한 길이 시작된 거야
처음에는 모든 게 다 막막했었지
처음 느낀 배고픔에 눈물 흘렸네
아버지는 나에게 지친 목소리로
이제는 돌아오라 했지
지금까지 내가 걸어온 길은
누군가가 내게 준 걸 따라간 것뿐
처음 내가 택한 길이 시작된 거야
어디로 가야 하는지 알 수 없지만
이제 시작된 거야

한참을 망설이다 버스에 올랐지
이제 나는 집으로 돌아가고 있네

이 노래가 속한 앨범에는 〈아버지와 나〉라는 노래도 들어 있어요. '아버지'의 모습과 아버지를 닮아 가는 '나'를 소재로 한 노래예요. 누구나 공감할 만한 노랫말을 말하듯이 들려주고 있어요. 한번 들어 보면 좋을 것 같네요.

수남이는 앞으로 어떤 모습으로 살아갈까요?

사실 수남이가 앞으로 어떤 모습으로 살게 될지는 아무도 정확하게 말할 수 없어요. 다만 상상해 볼 따름이지요. 그렇지만 미래는 '현재의 연장선'이라는 말이 있어요. 이 말은 현재의 모습을 보면 미래를 어느 정도 가늠할 수 있다는 뜻이에요. 여기에 기대어 수남이의 미래를 짐작할 수 있게 하는 현재의 단서들을 따라가 볼까요?

수남이가 처한 현실

첫 번째 단서는 수남이의 현재 삶에 영향을 미친 것은 무엇인지 생각해 보는 거예요.

수남이의 현재 삶에 영향을 미친 것을 찾는 것은 어렵지 않아요. 1970년대 사회 분위기가, 서울이라는 도시가, 그 도시 안에서 일어난 자전거 사건이 수남이의 삶에 영향을 미쳤답니다.

이 소설의 배경이 되고 있는 청계천은 서울의 중심가로 돈만을 추구하기 시작하던 1970년대 사회 분위기를 가장 잘 드러내는 곳이지요. 그 속에서 수남이는 시골에서 어렵게 생활하는 부모님을 생각하며 열심히 일했던 거예요. 그렇게 하루하루 지내다 원치 않게 '자전거 사건'을 겪게 되는 것이고요. 그리고 그 사건은 수남이가 사람들을 보는 눈이 달라지게 하는 결정적인 계기가 된답니다. 자신의 주변 사람들이 '돈'을 위해 움직인다는 것을 알게 되는 거지요. 어린 수남이가 감당하기에는 1970년대 현실이 너무 냉정하게 느껴진다고요? 그래도 수남이는 이 '자전거 사건'을 통해 비정한 시대 상황 속에서 자신은 어떻게 살아가야 하는지에 대해 생각하게 되는 계기를 갖게 되었답니다. 그렇게 보면 모든 일에는 양면성이 있어서 불행한 일이 꼭 불행한 것만은 아니라는 생각을 할 수 있어요.

수남이의 생활 태도

수남이의 미래를 예측할 수 있게 하는 두 번째 단서는 수남이의 평상시 생활 태도를 살펴보는 거예요.

우리는 수남이가 1970년대 서울 한복판, 돈만 아는 사람들 속에서도 자신을 잃지 않으려고 노력하며 살았던 것을 눈여겨볼 필요가 있어요. 수남이는 주인 영감이 적은 돈으로 자신을 부려먹어도 자신에게 맡겨진 일에 최선을 다해요. 물론 자신이 혐오하는 장사꾼의 수를 쓰기도 하고, 자전거를 들고 도망치는 실수를 범하기도 하지만 그럴 때마다 자신의 마음속에 일어나는 감정에 솔직하려고 애쓰며 내면에서 들려오는 소리에 귀를 기울이지요. 그리고 항상 고향의 '시골 바람'을 잊지 않아요. 그런 모습을 통해 수남이가 앞으로 형을 비롯한 청계천 주변 어른들이 보여 주었던 삶의 모습과는 다른 삶을 살게 될 것임을 짐작하게 하지요.

여러분은 수남이의 삶을 예측해 보며 무슨 생각이 들었나요? 한

개인의 삶은 그 시대의 상황에 크게 영향을 받기도 하지만 결국 그 사람이 어떤 가치관을 갖고 살아가는가에 따라 결정되는 거예요. 그래서 어쩌면 중요한 건 수남이가 '시골로 내려가느냐, 도시에 남느냐?'와 같은 문제가 아닐 수도 있어요. 정말 중요한 것은 수남이가 지금 어떤 '도덕적 선택'을 하고 '그것을 어떻게 실천하려고 하는가'이지요.

그 노력의 결과는 여러분도 알고 있죠? 소설 마지막에서 수남이의 얼굴은 환하게 빛나고 있습니다. 그렇게 수남이는 '아이'에서 '어른'으로 한 걸음 성장을 한 것이랍니다.

작품 밖 세상 들여다보기

시대

작가

작품

독자

작가 이야기
박완서의 생애와 작품 연보, 작가 더 알아보기

시대 이야기
1970년대

엮어 읽기
산업화, 물질 만능, 그리고 삶의 진정한 가치

독자 이야기
〈자전거 도둑〉 뒷이야기 쓰기

박완서의 생애와 작품 연보

1931(10월 20일)　경기도 개풍에서 태어남.

1944(14세)　숙명고등여학교(현 숙명여자고등학교)에 입학함.
숙명고등여학교가 6년제의 숙명여자중학교로 바뀌었는데, 5학년 때 담임이었던 소설가 박노갑에게 많은 영향을 받음.

1950(20세)　서울대학교 국문과에 입학했으나, 6·25 전쟁이 일어나 중퇴함.

1953(23세)　직장 동료인 호영진과 결혼함. 결혼한 이후 살림에 전념하였으며, 1남 4녀를 둠.

1970(40세)　《여성동아》에 장편소설 〈나목〉이 당선되어 등단함. 〈나목〉은 전쟁 중 박완서가 미군 부대 초상화부에서 근무할 때 만났던 박수근 화가를 모티프로 쓴 소설이다.

1971(41세)　단편 〈어떤 나들이〉, 장편 〈목마른 계절〉 등을 발표함.

1973(43세)　단편 〈부처님 근처〉, 〈지렁이 울음소리〉 등을 발표함.

1976(46세)　소설집 《부끄러움을 가르칩니다》를 출간함.

1977(47세)　수필집 《꼴찌에게 보내는 갈채》, 《혼자 부르는 합창》을 출간함.

1978(48세)　단편 〈낙토의 아이들〉, 〈꿈과 같이〉 등을 발표함.
소설집 《배반의 여름》, 수필집 《여자와 남자가 있는 풍경》을 출간함.

1979(49세)　단편 〈엄마의 말뚝〉, 〈추적자〉, 〈황혼〉 등을 발표함.
소설집 《꿈을 찍는 사진사》, 동화집 《달걀은 달걀로 갚으렴》을 출간함.

1980(50세)   단편 〈옥상의 민들레꽃〉, 〈그 가을의 사흘 동안〉 등을 발표함.
              〈그 가을의 사흘 동안〉으로 '제7회 한국문학작가상'을 수상함.

1981(51세)   〈엄마의 말뚝 2〉로 '제5회 이상문학상'을 수상함.
              소설집 《도둑맞은 가난》을 출간함.

1983(53세)   장편 《그해 겨울은 따뜻했네》를 출간함.

1985(55세)   소설집 《그 가을의 사흘 동안》, 장편 《도시의 흉년》, 《서 있는
              여자》 등을 출간함.

1988(58세)   남편, 아들과 연이어 사별함.

1992(62세)   장편 《그 많던 싱아는 누가 다 먹었을까》를 출간함.

1993(63세)   〈꿈꾸는 인큐베이터〉로 '제38회 현대문학상'을 수상함.

1997(67세)   〈그 산이 정말 거기 있었을까〉로 '제5회 대산문학상'을 수상함.

2001(71세)   단편 〈그리움을 위하여〉로 '제1회 황순원문학상'을 수상함.

2004(74세)   《그 남자네 집》을 출간함.

2006(76세)   소설집 《환각의 나비》를 출간함. '제16회 호암예술상'을 수상함.
              서울대학교 명예 문학박사 학위를 받음.

2011(81세)   1월 22일 지병인 담낭암으로 세상을 떠남.

작가 더 알아보기

박완서 소설의 세 가지 모티프

하나. 한국 전쟁

박완서의 문학에서 빼놓을 수 없는 것이 바로 '한국 전쟁'이에요. 20대에 경험한 전쟁에 대한 기억은 이후 그의 삶과 문학에 커다란 영향을 끼치게 됩니다. 처녀작 〈나목〉을 시작으로 〈엄마의 말뚝〉, 〈그해 겨울은 따뜻했네〉, 〈그 남자네 집〉 등에 이르기까지, 전쟁의 상흔은 그의 소설을 이루는 하나의 원형으로 자리 잡게 됩니다.

　박완서는 한국 전쟁 당시, 어린 시절 함께했던 숙부뿐 아니라 오빠도 잃게 돼요. 그런 상처와 기억이 '전쟁으로 인한 가족사의 불행'이라는 주제를 담은 소설로 나타나게 된 것이랍니다.

> 이 동족 간의 전쟁의 잔학상은 그대로 알려져야 된다고 나는 생각해요. 특히 오빠의 죽음을 닮은 숱한 젊음의 개죽음들, 빨갱이라는 손가락질 한 번으로 저세상으로 간 목숨, 반동이라는 고발로 산 채로 파묻힌 죽음, 재판 없는 즉결 처분, 혈육 간의 총질, 친족 간의 고발, 친우 간의 배신이 만들어 낸 무더기의 죽음들, 동족 간의 이념의 싸움 아니면 도저히 있을 수 없는 이런 끔찍한 일들은 고스란히 오래 기억돼야 한다고 나는 생각해요.
>
> – 박완서

둘. 물질 만능주의

1970년대 들어서면서 급격하게 산업화가 이루어지게 돼요. 그러면서 사람들의 삶의 태도와 가치도 바뀌기 시작했지요. 물질 만능주의, 한탕주의, 이기주의, 허위의식 등이 팽배해지게 됩니다. 이와 함께 도덕성이 무너져 내리게 돼요.

박완서는 이러한 세태에 대한 날카로운 비판을 그의 소설 속에 담아냈어요. 물질적인 가치 때문에 내면이 황폐해지고 윤리와 도덕이 무너져 가는 중산층의 삶에 주목한 것이랍니다. 〈지렁이 울음소리〉, 〈자전거 도둑〉, 〈휘청거리는 오후〉 등에 이러한 모습이 잘 나타나 있습니다.

셋. 페미니즘

'페미니즘(feminism)'은 여성의 권리 확장을 주장하는 것이에요. 박완서는 가부장적 사회에서 억압되고 소외된 여성들의 이야기를 날카로운 비판 의식을 담아 소설로 풀어내고 있어요. 〈살아 있는 날의 시작〉, 〈서 있는 여자〉, 〈그대 아직도 꿈꾸고 있는가〉 등을 보면, 여성 주인공들이 하나같이 가부장제 사회에 길들여져 남편의 억압에 짓눌려 살아요. 그러나 이에 순응하기보다는 문제와 당당히 맞섭니다. '이혼'을 통해 구조적이고 관습적인 불평등과 억압에서 벗어나게 되는 것이지요.

시골 청소년 무작정 상경

도시가 그리워 무작정 상경하는 시골 청소년들이 급격히 늘어, 서울시경은 4월과 5월 두 달 동안 모두 386명을 단속했다. 이 청소년들을 연령별로 보면, 사춘기에 있는 16세부터 20세 사이가 가장 많아 전체의 63퍼센트인 242명을 차지했고, 11세부터 15세 사이가 113명, 21세 이상이 31명이다.

무작정 상경하는 원인을 분석하면, 가난 때문에 직업을 구하고자 상경한 청소년이 전체의 68퍼센트에 해당하는 264명으로 가장 많고, 도시 동경이 66명, 나쁜 친구의 꾐에 빠진 자가 26명, 허영 19명, 가정불화가 7명, 기타 4명 순으로 되어 있다. 경찰은 이들 중 235명을 귀향 조치했으며, 102명을 수용소에 임시 보호, 19명을 보호자에게 인계, 7명을 취업시켰다. (1970)

〈성웅 이순신〉 완성한 김진규 씨

제작 기간 3년에 1억 5천만 원을 투입했던 화제의 작품 〈성웅 이순신〉이 마침내 24일 개봉되었다. 이 작품 때문에 전 재산을 부어 넣고 가정까지 파탄시킨 김진규 씨는 "기적 같다"는 한마디로 그동안의 고생을 표현했다. "과거에 이순신을 주제로 한 영화가 몇 군데서 제작되어 그때마다 주연을 맡았죠. 하지만 이상하게도 완성된 작품이 하나도 없었습니다." 그래서 3년 전 이 작품 제작을 결심하게 되었다고.

해전 신을 위해 500평의 대형 풀을 안양에 만들었고, 실물의 거북선과 미니어처의 소형선 300여 척 건조에만 4천만 원이 들었다. 여기에 일본 촬영 기술진의 특수 촬영비가 천이백만 원. 총 10만 명이 동원되었고, 1억 5천만 원의 제작비가 들었다. 이 동안 감독이 세 차례 바뀌었고, 한남동의 집을 처분하고 부인과는 헤어져야 했다고. 김진규 씨는 "1억 5천만 원이라면 방화 15편의 제작비입니다. 이 작품이 아무리 흥행에 성공해도 1억의 손해는 뻔한 일입니다. 처음부터 수지는 도외시한 것을 이해하시리라 믿습니다. 저는 다만 할 일을 했다는 생각뿐입니다. 이런 대작은 아마도 앞으로 다시는 제작될 수 없을 것입니다."라고 담담히 말했다. (1971)

안 팔린 연말(年末), 값 오른 연초(年初)

지난 연말 상가 경기는 그 어느 해보다 한산했던 것 같다. 불황, 쇄신, 검약 등
그 원인은 밝은 것도 있고 어두운 것도 있지만, 대목을 크게 기대했던 상인
들에겐 큰 타격. 한편 새해에는 '좋은 물건을 싼값으로 많이'라는 소비자들의
희망도 물품 세율 인상으로 주류 등 값이 올라 개운치 못하다. 특히 기대를
걸었던 TV 값 인하는 그저 형식에 그칠 눈치.
새해 들어 주류와 청량음료 값이 일제히 올랐다. 맥주는 4홉들이 한 병에
190원 하던 것이 220원으로 올랐으며, 소주는 2홉들이 한 병에 80원에서 85
원 내지 90원으로 올랐다. 콜라는 한 병에 1원 정도 올라 50원에 판매된다.
일률적으로 세율이 15퍼센트씩 내린 TV는 인하된 세율대로라면 한 대당 최
저 5050원에서 최고 1만 2730원까지 내릴 수 있게 돼 있다. 그러나 제조사
들은 값을 내리지 않고 있는 데다 품귀 현상마저 빚어 종전 가격을 주고도
살 수 없는 형편이다. (1972)

불우 어린이에 배움길

부모의 따뜻한 사랑을 받지 못하고 시립 아
동보호소에 수용된 불우한 어린아들이 처
음으로 교사 자격증이 있는 선생님으로부터
초등학교 과정의 수업을 받기 시작, 꿈에 그
리던 배움의 길이 트였다. 70퍼센트가 문맹
인 어린이들의 눈을 뜨여 주기 위해 개교한
은평공민학교가 첫 수업을 시작한 것이다. '사랑, 성실, 협동'이라는 교훈 아래
처음으로 선생님을 대한 어린이들이 한결 밝은 표정으로 선생님을 따라 복창
하는 소리는 시립 아동보호소가 자리 잡은 응암동 일대에 메아리쳤다. 60명
의 남녀 어린이들이 새로 마련된 책상 앞에 앉아 있는 1학년 2반 교실, 여교
사가 출석을 부른 후 '링컨'의 얘기를 들려준다. "여러분도 이와 같이 훌륭한
사람이 될 수 있습니다. 그렇죠?" 교사의 질문에 이들 불우한 어린이들은 한
결같이 "예." 하고 큰 소리로 합창하며 또렷또렷한 눈망울을 반짝인다.
교사는 이어 칠판에 '우리 어머니'라고 쓰고 어린이들에게 따라 읽도록 했다.
모두 "우리 어머니"를 복창하며 어린이들은 점점 더 단정한 모습으로 수업에
열중, 내일의 희망에 보람을 느끼는 듯했다. (1973)

인명 경시 풍조가 문제다

사람의 목숨보다 소중한 것은 없다. 그러나 6·25 동란을 전후한 무질서와 수많은 인명 살상이 그 후 오늘날까지의 물질 위주, 황금만능의 사회 풍조와 더불어 인명 경시의 원인을 이룬 것으로 본다. 테러 행위의 세계적 유행은 우리나라 젊은이들에게도 적지 않은 인명 경시의 경향을 자아냈다. TV, 영화, 소설 등이 젊은 세대에게 만행의 호기심을 자아낸 것이 문제로 지적된다.

우선 청소년의 욕구 불만은 왜 생기는가? 물질과 돈이 가치의 최고 기준이 돼 버린 오늘의 현실이 젊은이들이 당면한 콤플렉스이다. 이 콤플렉스를 해결하는 손쉬운 방법이 절도, 강도, 살인이다. 후진 사회일수록 뚜렷이 나타나는 빈부의 차, 사치의 유혹 등이 욕구 불만의 직접적 원인이 된다.

교육도 책임이 있다. 청소년의 끔찍한 살인 행위는 따지고 보면 교육의 결핍이 그 밑바닥에 깔려 있다. 가정에서의 교육의 결함이 그 출발이다. 부모가 없거나 부모가 자녀의 성장으로서의 교육에 무관심하거나 애정의 결핍, 심한 경제적 곤궁 등이 그 원인이라고 지적할 수 있을 것이다. 학교 교육도 그 책임을 면할 수 없을 것이다. 지식 주입에만 역점을 두고 성장기의 젊은이들의 올바른 인성 지도를 소홀히 한 그 책임 말이다. 청소년의 그 많은 부적응에 유의하여 지도·조언해 주는 참다운 인간 교육에 등한한 그 책임을 져야 한다.

사회는 어떠한가? 앞에서 언급한 것처럼 가정 대문 밖, 학교 교문 밖은 교육에 유해한, 청소년 성장에 유해한 환경으로 충만되어 있다. 인간은 환경의 영향을 받게 마련이다. 이러한 청소년 성장에 유해한 사회 환경을 그대로 방치해 두고 가정이나 학교만으로 청소년의 올바른 성장을 기대할 수 있겠는가? 가정, 학교, 사회가 삼위일체가 된 유의미하고 의도적인 교육 환경 재조정 작업이 거시적 관점에서 다루어져야 할 것이다. (1974)

포니 승용차 첫선

현대자동차는 오는 26일부터 5인승 소형 승용차 포니의 판매 계약을 접수한다. 대당 가격은 228만 9200원 (물품세 포함)으로, 계약금은 50만 원이며 2월 말부터 출고 예정인데, 현대 측은 월 평균 1500대를 생산, 시판할 계획이다. 포니는 미쓰비시의 새턴 엔진을 장착했으며, 4기통 1238cc에 최대 출력은 80마력, 전장 3미터 97센티미터, 높이 1미터 36센티미터이다. 한편 현대 측은 해외 62개국 228개 상사로부터 포니의 수출 주문을 받고 있다고 한다. (1975)

기발한 자전거 도난 방지법

유 씨는 지난 1일 오후 6시 30분쯤, 길에 세워 두었던 류 씨의 자전거를 훔쳐 자전거포 주인 임 씨에게 팔아넘기고 임 씨가 이를 다시 자전거 브로커인 이 씨에게 보내기 위해 서울 서부역에서 열차에 싣던 중, 화물 탁송 인부인 최 씨가 자전거를 열차에 싣다 미끄러지면서 자전거의 벨 뚜껑이 떨어지는 순간 벨 속에서 '이 물건을 사고파는 사람은 도둑이니, 신고 바란다'는 부탁의 말과 자전거 주인의 주소와 성명이 적힌 메모가 나와 탁송 인부 최 씨가 경찰에 신고한 것. 류 씨는 지난 74년부터 4차례나 자전거를 도난당하고는 지난달 새 자전거를 구입하면서 도난 방지를 위한 묘안을 궁리하던 중 자전거의 벨과 클랙슨, 라이트, 시트커버 밑 등에 이 같은 메모를 끼워 넣은 기발한 아이디어를 고안해 자전거를 다시 찾게 됐다. (1976)

삶의 자세

지난 1월 꽁꽁 언 날씨 속에서 얼마 안 되는 나의 지식이 환경 탓으로 배움의 기회를 갖지 못했던 직업 청소년들에게 적으나마 도움이 될까 하여 야학을 시작했다. 가르치는 나 역시 배움이 끝나지 않은 상태라 모자람이 많은데도, 새벽부터 밤까지의 힘든 노동에 지친 몸을 이끌고 배우겠다는 욕망으로 두 눈을 반짝이며 한마디 말이나마 놓칠세라 열심히 듣는 그들을 대할 때, 내가 그들을 가르치기보다 그들의 생활 자세에서 내가 배우고 있음을 느끼게 된다. 부모님을 잘 만난 덕택에 비싼 등록금을 낼 수 있어 편안히 생활할 수 있으면서도 늘 불평불만이 끊이지 않는 나와 또 나의 친구들을 생각할 때 얼굴이 화끈해질 때가 한두 번이 아니다. 좋지 않은 환경과 저임금 속에서 하루 종일 일해서 번 돈으로 가족의 생계를 이어 가면서도 사회의 무시와 냉대를 받는 그들. 그러나 그들은 이미 주어진 환경이기에 불평하고 거부하기보다는 자신의 노력으로 더 나은 환경을 위해서 열심히 살아가는 자세를 갖고 있다. (1978)

산업화, 물질 만능,
그리고 삶의 진정한 가치

1. 산업화의 그늘

〈자전거 도둑〉의 시대적 배경인 1970년대는 국가가 주도하여 빠르게 산업화가 이루어진 시기예요. 1차 산업 중심에서 2차 산업 중심으로 옮아가던 때이지요. 경제의 패러다임이 성장과 발전에 맞춰지면서, 가치의 중심도 인간과 자연에서 물질과 자본으로 바뀌어 갔어요. 이러한 과정에서 사람들의 삶의 방식과 세태도 변화를 겪을 수밖에 없었답니다. 이때의 삶을 다룬 다른 소설들을 살펴볼까요.

황석영, 〈삼포 가는 길〉(1973)

이 소설은 1970년대 어느 겨울날, 삼포로 향하는 세 인물(영달, 정씨, 백화)의 여정과 그들의 이야기를 담고 있어요. 영달은 공사판을 찾아 돌아다니는 뜨내기 노동자로, 좀 거칠긴 하지만 마음 따뜻한 인물이에요. 정씨 역시 공사장에 일하는 노동자인데, 생각이 깊고 정이 많지요. 백화는 열여덟 살에 가출해서 술집을 전전하며 산전수전 다 겪은 여자예요.

세 사람은 모두 산업화의 그늘에 가려져 소외된 인물입니다. 1970년대 개발 정책의 희생양이라고 볼 수 있지요. 새로운 일거리와 삶의 터전을 찾아 고향을 떠났지만, 그들에게 남은 건 상실과 소외와 아픔뿐입니다. 그래서 〈자전거 도둑〉의 수남이가 그랬던 것처럼, 마음의 안식을 찾기 위해 다시 고향으로 돌아가려고 합니다. 하지만 영달은 돌아갈 고향이 없고, 정씨의 고향인 '삼포'는 개발의 물결로 예전 고향의 모습을 잃어버렸고, 백화는 고향으로 돌아간다 해도 이전의 삶을 회복하지는 못할 겁니다.

〈삼포 가는 길〉은 이렇듯 1970년대의 산업화와 개발 정책 때문에 고향을 잃었거나 정신적인 공허를 경험한 사람들의 모습을 보여 줘요. 이는 단지 이 작품에 나오는 세 인물의 이야기만은 아닐 거예요. 당시 산업화로 인해 삶이 흔들리고 고통 받았던 민중들의 한 단면이라고 할 수 있답니다.

이문구, 《우리 동네》(1977~1981)

《우리 동네》는 1970년대 산업화의 과정에서 빚어진 농촌 문제와 농민들의 삶을 다룬 연작 소설이에요. 작가가 1977년부터 경기도 화성군 향남면에서 생활하면서 쓴 소설로, 그때 보고 듣고 겪은 것들을 바탕으로 농촌 문제의 심각성과 현실적인 해결 방안을 풍자적, 해학적, 비판적으로 그려 내고 있지요.

〈우리 동네 김씨〉부터 〈우리 동네 황씨〉까지 모두 아홉 편인데, 각 성씨의 주인공들은 새로운 세태에 재빠르게 편승하기도 하고, 더러는 못마땅해 하기도 하고, 또는 마지못해 합류하기도 하는 평범한 농민들이에요.

민방위 교육과 관련한 이야기에서부터 농촌 가정의 도박 풍조, 농민 자녀들과 관련된 노사 문제, 도시인들의 사냥 공해, 비상식적으로 운영되는 농협의 실상, 농촌 근대화 정책의 허구성과 추곡 수매 비리 등에 이르기까지 산업화로 인해 달라진 농촌의 현실과 농민들의 삶을 현장감 있고 사실적으로 보여 주고 있답니다.

"우리나 서울 것들이나 서루 저기허기는 매일반인 겨. 서루 다다 쇡여 먹잖으면 못 살게 마련된 세상인디, 촌사람만 독약 쓰지 말라는 법이 있담? 시방은 사람 사람이 먹구 쓰는 게 죄 약이 아니면 독으로 알구 살어두 저기헌 세상인디, 새꼽빠지게 가로왈 세로왈 헐 게 뭐라나?"

"허기는 그려. 뭐 한 가지 맘 놓구 쓸 게 읎으니께. 근래 근대화 바람에 일어난 공장에서 맨든 것이면 싸구려루 내던지는 수출품은 안 그래두, 내국인헌티 팔아먹는 건 공해 아닌 게 읎거든. 특히 농촌으루 흘러오는 게면 열에 일고여덟이 불량 제품이구 가짜란 말여."

- 〈우리 동네 황씨〉에서

2. 물질 만능의 세태

〈자전거 도둑〉의 공간적 배경인 '세운상가'는 산업화와 근대화를 상징하는 곳이라고 할 수 있어요. 수남이는 가족을 위해 돈을 벌기 위해 상경했고, 다행히 세운상가에서 점원으로 일하게 되지요. 작은 바람을 가지고 열심히 살아가던 수남이는 하나의 사건을 겪으며 '누런 똥빛의 얼굴'을 마주하게 됩니다. 바로 물질 중심의 세태가 만들어 낸 이기적이고 이해 타산적이고 부도덕한 모습이지요. 수남이는 이런 모습이 싫어져 고향으로 돌아갈 결심을 합니다.

박완서의 다른 소설 가운데 '더 누런 똥빛 얼굴'들을 통해 물질 만능의 세태와 비인간적인 모습을 적나라하게 보여 주는 작품이 있어요. 바로 〈옥상의 민들레꽃〉입니다.

박완서, 〈옥상의 민들레꽃〉(1980)

이 소설의 공간적 배경은 '궁전아파트'입니다. 돈 있고 힘 있는 사람들이 모여 사는, 누구나 부러워하고 살고 싶어 하는 고급 아파트지요. 그런데 이곳에서 두 분의 할머니가 투신자살하는 사건이 일어나요. 그 일로 주민들이 모여 대책 회의를 하는데, 어떻게 해서든 아파트 명성에 흠이 나거나 아파트값이 떨어지면 안 된다는 데 한목소리를 내요. 하지만 뾰족한 방법은 찾지 못하죠. 할머니들이 자살을 하게 된 까닭을 밝혀 보려고도 하지만, 할머니들이 중시한 가치들은 무시되고 물질적으로 부족함 없이 해 드렸다는 것으로 마무리가 됩니다.

이 소설의 화자인 '나'는 엄마를 따라 회의에 참석해요. 왜 할머니들이 자살을 했는지, 그리고 그것을 막으려면 어떻게 해야 하는지 자신의 경험을 통해 알고 있기 때문이지요. '나'는 자기가 알고 있는 진실을 어른들에게 말하고 싶어 해요. 어떨 때 죽고 싶어지는지에 대해서, 그리고 자신이 죽으려고 옥상에 올라갔을 때 만났던 민들레에 대해서……. 하지만 어른들은 '나'에게 말할 기회를 주지 않아요.

〈자전거 도둑〉에서 보였던 물질적 가치를 우선하는 속물근성과 그것에 맞선 정신적 가치 지향이 〈옥상의 민들레꽃〉에서는 계층을 달리하여 보다 더 구체적이고 비판적으로 드러나고 있답니다.

그때 나는 처음으로 엄마에게 내가 필요하지 않다는 걸 알았습니다. 나에겐 내 가족이 필요한데 내 가족은 나를 필요로 하지 않는다는 건 나에겐 견디기 어려운 슬픔이었습니다. (중략) 그러나 엄마의 사랑은 거짓이었습니다. 나는 엄마를 진짜로 사랑했는데 엄마는 나를 거짓으로 사랑했던 것입니다.

나는 말없이 집을 나왔습니다. 계단을 오르고 또 올랐습니다. 마침내 옥상까지 올랐습니다. 옥상에서 내려다보니까 사람들이 개미처럼 작게 보였습니다. 나는 살고 싶지 않다고 생각했습니다. 확실히 그렇게 생각했습니다. 나는 사랑하는 사람들이 나를 없어져 줬으면 하고 바라고 있는데 무슨 재미로 살아가겠습니까. (중략)

도시로 부는 바람을 탄 민들레 씨앗들은 모두 시멘트로 포장한 딱딱한 땅을 만나 싹 트지 못하고 죽어 버렸으련만 단 하나의 민들레 씨앗은 옹색하나마 흙을 만난 것입니다. 흙이랄 것도 없는 한 줌의 먼지에 허겁지겁 뿌리 내리고 눈물겹도록 노랗게 핀 민들레꽃을 보자 나는 갑자기 부끄러운 생각이 들었습니다. 살고 싶지 않아 하던 게 큰 잘못같이 생각되었습니다.

3. 삶의 진정한 가치 추구

〈자전거 도둑〉에서는 '주인 영감'과 '신사'가 부정적인 모습으로 그려져요. 인간적이고 도덕적인 가치보다 물질적인 가치를 중시하는 속물적이고 이기적인 인물이지요. 수남이는 신사에게 맞서 자전거를 들고 도망치고, 주인 영감에게 맞서 고향으로 내려갈 결심을 합니다.

수남이는 바람마저도 차갑고 거친 도시에서, 그보다 더 매서운 사람들과 살아가야 하고 마침내는 자신도 그렇게 될까 봐 두려웠을 거예요. 그래서 자전거를 들고 뛰면서 느꼈던 쾌감이 더 큰 쾌감으로 자라나기 전에 자신을 추스르지요. 자신을 따뜻하게 맞아 줄 시골 바람이 있는 곳, 자신을 올바른 길로 이끌어 줄 아버지가 있는 곳, 그곳을 떠올리며 수남이의 얼굴은 다시 순수해집니다.

수남이가 속물근성과 부도덕을 지양하고 순수를 지향했던 것처럼, 도덕적이고 보편적인 가치의 중요성을 드러내는 작품을 만나 볼까요.

황석영, 〈아우를 위하여〉(1972)

이 작품은 형이 동생에게 '연애 이야기'라 고 하며 보내는 편지 형식으로 된 액자 소설 이에요. 6·25 전쟁 후 서울이 수복된 지 몇 년 지난 때를 배경으로, 부산에서 서울로 전 학 온 초등학생 '나'가 당시 교실에서 겪었던 일을 이야기하고 있어요.

힘으로 반장이 된 영래는 폭력으로 친구 들을 제압하고, 자기 뜻대로 아이들을 통제하고 이끌어요. 불만을 가 진 아이들도 있지만, 겉으로 드러내지는 못해요. 불만을 표시하거나 저항하면 맞는다는 것을 아니까요. 하지만 담임 선생님은 오히려 자 치와 규율이 잘 지켜지는 모습을 긍정적으로 생각합니다. 그러던 어 느 날 어여쁜 소녀 같은 교생 선생님이 오게 돼요. 아이들을 사랑으 로 친절하게 대할 뿐 아니라 불의에 저항하는 삶이 중요하다고 말씀 하시죠. 아이들은 이런 교생 선생님을 좋아하게 돼요.

선생님과 헤어지기 며칠 전에 어머니에게 졸라서 그분을 집으로 초대 한 적이 있었지. 그날 나는 부끄러워하면서 내 악몽의 비밀을 말씀드 렸더니, 선생님은 말했어. "애써 보지도 않고 덮어놓고 무서워만 하면 비굴한 사람이 됩니다. 그래서 겁쟁이가 되어 끝내 무서움에서 놓여날 수가 없는 거예요." (중략)
나는 그이가 어린이들끼리의 일들을 미리 알고 있었는지 아니면 모르 거나 모른 체했었는지 아직도 알 수 없구나. 다만 아이들이 존경하는 그이가 옆에 계시니까 욕스럽게 하지 말아야겠다고 스스로 깨달았던 것만은 분명하다.

여럿이 윤리적인 무관심으로 해서 정의가 밟히는 일이 있어서는 안 될 거야. 걸인 한 사람이 이 겨울에 얼어 죽어도 그것은 우리의 탓이어야 한다. 너는 저 깊고 수많은 안방들 속의 사생활 뒤에 음울하게 숨어 있는 우리를 상상해 보구 있을지도 모르겠구나. 생활에서 오는 피로의 일반화 때문인지, 저녁의 이 도시엔 쓸쓸한 찬바람만이 지나간다. 그이가 봄과 함께 오셨으면 좋겠다. 보이지도 않고 만질 수도 없어, 그이가 오는 걸 재빨리 알진 못하겠으나, 얼음이 녹아 시냇물이 노래하고 먼 산이 가까워 올 때에 우리가 느끼듯이 그이는 은연중에 올 것이다. 그분에 대한 자각이 왔을 때 아직 가망은 있는 게 아니겠니. 너의 몸 송두리째가 그이에의 자각이 되어라. 형은 이제부터 그이를 그리는 뉘우침이 되리라.

〈자전거 도둑〉 뒷이야기 쓰기

김수현(무원중학교 1학년)

좁은 방 안에 챙길 짐이라고 해야 고작 옷가지 몇 벌과 형의 참고서 나부랭이, 그리고 주인 영감님한테 그동안 받은 월급봉투가 전부였지만, 수남이는 보따리 안에 차곡차곡 쌓아 짐 정리를 마쳤다. 그런데 문득 요 몇 달 세어 보지 않은 자신의 월급이 궁금해지는 것이었다.

고향으로 내려갈 차비와 가족들에게 조금이라도 보탬이 되어야 한다는 걱정도 있었지만, 무엇보다도 자신의 마음에 걸리는 게 있었기 때문이다. 바로 낮에 있었던 신사와의 사건이 왠지 모르게 수남이의 발목을 잡는 것이었다. 편히 가지 못할 것이라는 자신의 마음을 알아챈 수남이는 신사에게 들르기로 일찌감치 결심하고 돈을 하나하나 세기 시작했다. 주인 영감님이 주신 월급은 비록 형편없었음에도 불구하고 그동안 열심히 모으기만 했더니 그 액수가 결코 작은 것이 아니었다.

내심 자신에게 감탄하고 또 한편으로는 뿌듯해 하며 수남이는 얼른 해가 저물기 전에 신사에게 돈을 갚으러 가야겠다는 생각이 들어 발걸음을 재촉했다. 생전 처음 발을 내딛는 빌딩 안으로 들어가 침착하게 306호를 찾아간 수남이는 콩닥콩닥 대는 가슴을 가라앉히려고 "후—" 하고 나서, 두세 번 심호흡을 한 뒤 문을 두드렸다. 그런데 안에서 아무도 나오지 않았다. 다시 한 번 문을 두드린 후 "계십니까!" 하고 불러 보았다. 한참이 지난 후였을까, 수남이가 어쩔 줄 몰라 하고 있는데 문이 덜컥 하고 열렸다. 수남이는 깜짝 놀라 눈을 질끈 감았는데, 웬 아주머니가 자신의 앞에 떡하니 서 있는 것이었다. 단정한 옷차림에 크지 않은 몸집, 그리고 상대를 편안하게 만들어 주는 웃음을 가진 사람이었다.

'안주인인가?'라고 생각한 수남이는 금세 정신을 차리고 용기를 내어 "저…… 신사 분은 안 계십니까?" 하고 물었더니, 그 아주머니는 "혹시 네가 그 꼬마니?"라고 되묻더니 갑자기 수남이의 대답은 듣지도 않고 무언가를 알았다는 표정을 지었다. 아주머니는 수남이를 대뜸 문 안으로 집어넣어 놓고는 문을 닫고 누군가를 부르더니 방 안으로 들어갔다. 어떻게 해야 할지 영문도 모르고 있던 수남이를 다시 부른 건 아주머니였다. 옆에는 낮에 만났던 신사가 서 있었다. 수남이는 신사에게 돈 봉투를 내밀었다. 어째서 이렇게 늦었냐고, 왜 자전거를 가지고 도망치고 나서 다시 자신을 찾아왔냐고 묻는 신사의 물음에 수남이는 어떻게 대답해야 할지 몰랐지만, 이내 침착하게 마음먹고 자전거가 쓰러져 차에 흠집을 내게 된 일부터 자신이 고향에 가려고 하는데 이 일을 끝내지 않고서 간다면 분명히 세월이 흘러도 자신의 마음속에서 씻겨 내려가지 않고 두고두고 후회할 일로 남을 것만 같았다는 속마음을 설명하였다.

그런데 이런 수남이의 솔직한 태도가 매정하고 차갑게만 보이던 신사의 마음을 움직였는지, 신사는 아무런 호통도 치지 않았다. 이를 곁에서 듣고 있던 아주머니가 이미 자초지종을 다 알고 있었다는 듯 신사와 귀엣말로 몇 마디를 나누더니 갑자기 수남이에게 고향을 물었다. 수남이로서는 전혀 예기치 못한 질문이었다. 그저 가정 형편이 궁금했나 싶어 대답을 한 수남이는, 아주머니가 "우리가 너를 고향으로 데려다 주고 싶구나." 하는 말에 기겁을 했다.

어째서 그런 말을 하는 것인지 도통 이해가 가지 않는 수남이었다. 당황한 표정을 짓는 수남이에게 신사는 "방금 전까지 나도 아까 자전거 일로 내가 너를 나쁜 아이로 만들어 버린 건 아닌지 집사람과 얘기를 나누고 있었다. 그런데 마침 네가 이렇게 돈 봉투를 들고 찾아와 주니 우리 부부가 너에게 정말 고마워 조금이나마 보탬이 될 만한 일을 하고 싶어서다." 그러고는 수남이에게 손을 내밀더니 "아까 정말 너에게 냉정하게 군 것 같구나. 내 태도를 용서해 줄 수 있겠니?" 하고 사과를 했다.

수남이는 이제야 상황을 파악하고 감사하다고 연신 고개를 숙였다. 옆에서 가만히 지켜보고 있던 아주머니가 "자, 어서 서둘러서 짐을 가지고 고향으로 떠나는 게 낫지 않겠니? 우리가 차를 가지고 갈 테니 짐을 챙겨서 나오렴."

자신이 양심의 가책을 느끼지 않으려고 한 행동이 이런 결과를 가져올 줄 몰랐던 수남이의 얼굴은 미소로 가득 찼다. 고향으로 돌아갈 생각에 한껏 들뜬 수남이는 불 꺼진 가게를 정리하고 짐을 챙긴 후 마지막으로 주인 영감님에게 계산서 뒷면 종이에 짧은 편지를 썼다. 그동안 보살펴 주셔서 감사했다는 이야기를 담은 종이를 곱게 접어 책상 속에 넣어 두고 나온 수남이는 홀가분해진 마음을 안고 있는 힘껏 달렸다. 신사와 아주머니가 계신 큰 길을 향해. 수남이의 그 순하고 맑은 얼굴로 말이다.

이지수(무원중학교 1학년)

수남이는 눈을 떴다. 시계를 쳐다보니 새벽 4시였다. 수남이는 항상 이 시간에 일어났다. 서울에서 일하면서 얻은 습관이었다.

수남이는 일어나 방문을 열고 마당에 나섰다. 서울과는 사뭇 다른 바람이 불어와 수남이의 머리칼을 흩뜨렸다. 바람이 기분 좋아 수남이는 빙그레 웃었다. 아버지가 비척비척 수남이에게 걸어왔다. 수남이는 얼른 아버지를 부축하였다. 요즘 들어 부쩍 몸이 안 좋아지신 아버지였다. 수남이는 아버지를 도로 방에 눕혀 드리고 마당을 쓸었다.

아침밥을 먹고 나니 8시였다. 수남이는 부모님께서 하시는 가게에 나갔다. 어머니께서는 학교를 보내 준다고 하셨지만 수남이는 한사코 야학에 가겠다고 떼를 썼다. 사실 마음 같아서야 학교를 가고 싶었지만, 집안 사정이 학비를 대 줄 만한 형편이 안 되었기 때문에 수남이는 학교를 포기했다. 낮에는 가게 일을 하고, 밤에는 공부를 한다.

수남이는 형을 생각했다. 고등학교까지 다닌 형은 도둑놈이 되었다. 수남이는 형처럼 되지 않겠다고 생각하며 책을 보았다. 잠간의 짬이라도 나면 책을 들여다보는 수남이였다. 가게 문이 열리며 늙은 할머니가 힘겹게 들어오셨다. 수남이는 책에서 눈을 떼고 할머니께 말을 걸었다.

"뭐 찾으세요, 할머니?"

"그거 하나만 줘 봐라. 사탕인가 뭔가 우리 손녀가 먹고 싶다고 온종일 울어 대서 말이야."

수남이는 사탕 한 봉지를 할머니 손에 쥐어 드리고는 돈을 받았다. 수남이가 받은 돈을 세어 보니, 사탕 가격보다 20원이나 더 많은 돈이었다. 수남이는 얼른 할머니를 불렀다. 그러나 할머니께서는 이미 나가고 없으셨다. 수남이는 가게 문을 열고 주위를 둘러보았다. 그새 어디 가셨는지 보이지 않는다.

그때 수남이의 눈에 저 멀리 걸어가는 할머니가 보였다. 수남이는 얼른 뛰어가려고 했지만, "수남아, 어디 가니? 가게 봐야지!"라는 어머니의 외침에 우뚝 서 버리고 말았다. 형은 어딜 갔는지 보이지도 않고, 아버지는 편찮으시고, 어머니는 집안일로 바쁘시다. 또 동생들은 가게를 보기에는 너무 어렸다. 수남이는 결국 가게로 다시 들어와야 했다.

수남이는 손 안에 있는 동전을 내려다보았다. 수남이는 조금 이따 형이 오면 가게를 맡기고, 돈을 할머니에게 돌려 드려야겠다고 생각하며 어딘가 찝찝한 마음으로 책을 보았다. 그러나 결국 수남이가 야학 갈 시간까지 형은 나타나지 않았다.

늦은 밤 찾아가는 건 실례라고 생각하며 수남이는 야학에 갔다. 그러나 수업 내용은 귀에 하나도 들어오지 않았고 마음만 뒤숭숭했다. 야학을 마치고 와서 수남이는 내내 고민했다. 때마침 방에 들어온 어머니에게 수남이가 말했다.

"어머니, 아까 낮에요, 할머니께서 물건 값보다 20원이나 더 주고 가셨어요. 내일 돌려 드리러 가야겠죠?"

수남이는 어머니께서 "인석아, 아까 진즉에 돌려 드리지 않고 뭐 했니?"라고 하실 것이라 생각하며 어머니를 쳐다보았다. 그러나 어머니는 "그걸 돌려주긴 무슨. 그냥 둬라. 어차피 20원 아니냐. 피곤할 텐데 얼른 자."라며 방을 나가셨다.

수남이는 마음이 혼란스러웠다. 서울에서 있었던 일이 생각났다. 그날 자전거를 들고 뛰라던 시장 사람들과 어머니의 말이 너무 비슷했다. 수남이는 얼굴이 화끈거렸다. 어머니의 얼굴이 누런 똥빛의 주인 영감과 겹쳐 보였다. 수남이는 자신이 도둑이라도 된 것 같은 기분에 머리를 감쌌다. 수남이는 이불을 걷어찼다. 수남이는 생각했다. '세상에 누런 똥빛의 얼굴이 아닌 어른은 없는 것일까?' 수남이로서는 알 수 없는 물음이었다.

수남이는 자신도 크면 누런 똥빛을 가지게 될까 봐 두려웠다. 수남이는 절대 그렇게 되고 싶지 않았다. 수남이는 내일 어떻게든 20원을 돌려 드리겠다고 마음을 굳혔다. 수남이의 얼굴이 펴졌다. 잔뜩 먹구름이 꼈던 얼굴이 밝아지고 있었다.

하루가 지난 다음 날 아침, 수남이는 그동안 자신이 일해 왔던 가게로 달려갔다. 그러고는 주인 영감님 앞에 짐을 한가득 풀어 놓고 당당하게 말했다.

"배달할 때 쓰던 자전거 제가 살게요."

"자전거? 어디 가려고? 빌려 줄게."

"빌리는 건 안 돼요. 사야 돼요."

"이걸론 자전거 바퀴도 못 사. 한 5개월 일한 값은 쳐야지."

"이걸론 안 돼요? 여기서 일 더 못 하는데……. 저 사정이 있어요."

수남이는 허탈한 표정으로 말을 이었다.

그 말을 듣고 주인 영감님의 얼굴은 누런 똥빛이 되더니 큰 소리로 말했다.

"왜 여기서 일을 더 못 해? 무슨 사정이기에 갑자기 여길 떠나려고 하는 거야? 가게는 어쩌고?"

수남이는 자신보다는 가게를 지킬 사람이 없다는 것을 걱정하는 주인 영감의 태도에 씁쓸한 표정을 지었다. 그 표정을 본 주인 영감님은 자신의 질문에 말하기 힘들어 하는 줄 알고, "미안하다. 괜한 걸 물었나 보다."라며 작게 속삭이듯이 말했다.

수남이는 저번에 신사에게 들었던 연민이 담긴 목소리와 비슷한 느낌을 받았고, 이번에는 기회를 놓치지 않겠다는 생각으로 이렇게 말했다.

114

"아니면, 돈이라도 주시면 안 될까요? 제발요. 급한 사정이 있어요."

그 말을 들은 주인 영감님의 눈은, '수남이가 불쌍하니 돈을 주어야 겠다.'라는 생각과 '이제 떠나는 애한테 돈을 주어야 할까.'라는 생각이 섞여 초점을 잃은 채 흔들렸다.

마침내 고민이 끝난 주인 영감님은 "얼마를 원하는데?"라고 말하였고, 수남이는 받을 수 있을 만한 금액 중에 가장 높은 금액이 얼마일까 하고 생각한 후 "만 원만 주세요."라고 말하였다.

주인 영감님은 생각보다 적은 금액이었기에 흔쾌히 주기로 마음먹고, 이렇게 말했다.

"만 원이라, 그 정도라면 줄 수 있을 것 같다."

수남이는 주인 영감님에게서 돈을 받고 감사하다는 말만 하고 뒤돌아 가게를 나왔다.

계획대로 흘러가는 것에 만족한 수남이는 어제의 기억을 더듬으며 신사가 오라고 했던 건물로 찾아가 신사의 집 문을 두드렸다. 그리고 얼마 지나지 않아 안에서 신사가 나왔고, 수남이를 본 신사는 수남이에게 알밤을 퍽 소리가 나도록 때렸다. 그동안 맞았던 알밤에 비해 훨씬 강했고 소리도 컸다.

알밤을 맞은 수남이가 신사를 쳐다보자 신사는 사방에 울려 퍼질 정도로 크게 소리쳤다.

"이 깡패 같은 놈, 죄 지은 벌을 주려고 자전거를 가지고 있었더니 그것도 훔쳐 가? 이거 아주 손버릇 나쁜 깡패 도둑놈이네!"

수남이는 알밤을 맞은 것도 짜증나고 그런 말을 듣는 것도 화가 났지만 마음을 가라앉히고 주머니에서 오천 원을 꺼내 신사에게 주며 말했다.

"죄송해요. 제가 그때는 잠시 제정신이 아니었나 봐요. 그래서 그때 말씀하신 돈 가져왔어요."

신사는 진심이 담긴 수남이의 말과 함께 받은 돈을 들고 어떻게 행동해야 할지 몰라 아무 말도 하지 않고 멍하니 서 있었다.

수남이는 그곳에서 빨리 빠져나오고 싶어서 "안녕히 계세요."라고 한 뒤 재빨리 뛰어 나오려 했지만, 이내 정신을 차린 신사가 수남이의 어깨를 잡고 멈춰 세웠다. 그러고는 의심스러운 눈으로 수남이를 쳐다보았다.

"도둑놈아! 이 돈은 어디서 났냐?"

"이제 돈 갚았으니까 도둑놈이 아니라 수남이라고 해 주실래요? 그리고 이 돈은 제가 다니던 가게에서 나오면서 받은 거니까 그런 눈빛으로 보지 마세요."

"그래, '네 이름이 수남이였구나.' 하고 넘어갈 줄 알았어? 아무리 지금 와서 돈 주고 죄송하다 해도 안 되는 건 안 되는 거야."

"정말 죄송해요. 저도 그날 집에 가서 많은 생각을 했어요. 내가 한 일이 옳은 걸까 아니면 잘못된 걸까. 그러다 제가 한 행동이 잘못된 거라고 결론을 내렸어요. 그 죄책감 때문에 좋아했던 일도 사람도 모두가 싫어졌어요. 그래서 이렇게 사죄를 하러 온 거예요. 사죄를 하면 괜찮아질 수도 있다고 생각하고요. 죄송합니다. 죄송해요."

수남이의 눈에는 눈물이 맺혀 있었다.

그 목소리는 어떤 다른 생각도 들어 있지 않은, 맑은 진심의 목소리
였다. 그 진심의 목소리는 신사의 마음을 돌렸고 신사는 마침내 수
남이를 용서해 주었다. 신사는 수남이에게 "진심은 마음을 돌릴 수
있는 가장 좋은 길이다."라고 말하였고, 일자리를 잃게 된 수남이에
게 다른 일자리를 구할 동안 자신의 공장에서 일할 수 있게 해 주
었다.

신사의 공장에서 일하기 시작한 날부터 다시 공부를 시작해 1년이
지난 후, 수남이는 검정고시에 합격해 고등학교에 들어가게 되었다.
고등학교에 들어가서는 공장에 가는 일이 적어졌지만 신사는 수남
이를 늘 반겨 주었고, 수남이도 늘 환하게 웃었다. 수남이는 잘못을
꾸짖어 주는 신사가 고마웠고, 신사는 수남이의 진심을 듣고 믿음
을 주었다.

그렇게 3년이 지나 고등학교를 졸업한 수남이는 신사에게 작별 인
사를 하고 감사의 의미로 그동안 가지고 있었던 주인 영감님께 받
은 남은 오천 원을 주었다.

그리고 자신의 가족이 있는 고향으로 돌아왔고 공장에서 번 돈을
가지고 가게를 차렸다. 수남이는 그동안 도매상에서 일해 왔던 경력
을 발판 삼아 장사를 매우 잘했고, 진심을 다한 노력을 통하여 신뢰
도 얻었다. 그랬기에 수남이의 가게는 매우 성공했고 그의 가족을
먹여 살릴 정도가 되었다. 자신이 원하는 것을 이룬 수남이의 얼굴
과 마음은 세상 누구보다 밝고 아름답게 빛났다.

참고 문헌

도서

박완서, 《자전거 도둑》, 다림, 2005.

박완서, 《시인의 꿈》, 맑은창, 2011.

하응백, 《낮은 목소리의 비평》, 문학과지성사, 1999.

장석주, 《나는 문학이다》, 나무이야기, 2009.

이경호·권명아, 《박완서 문학 길찾기 – 박완서 문학 30년 기념비평집》, 세계사, 2000.

손정목, 《서울 도시계획 이야기 1》, 한울, 2003.

이제운·박숙희·유동숙, 《뜻도 모르고 자주 쓰는 우리말 어원 500가지》, 예담, 2008.

강인숙, 《박완서 소설에 나타난 도시와 모성》, 둥지, 1997.

장석주, 《20세기 한국 문학의 탐험》, 시공사, 2007.

연구 논문 및 자료

김명섭, 〈작가 박완서와 문학교육〉, 《어문논집 56》, 2013.

정홍섭, 〈1970년대 서울(사람들)의 삶의 문화에 관한 극한의 성찰: 박완서론〉, 《비평문학 39》, 2011.

조혜정, 〈박완서 문학에 있어 비평은 무엇인가〉, 《작가세계 봄호》, 1991.

노형석, 〈근대화의 외로운 섬을 찾아〉, 《한겨레 21 – 710호》, 2008.

홍장원, 〈세운상가 녹지축 개발 – 서울시 원점서 재검토〉, 《매일경제》 2012년 2월 21일자.

서울역사박물관, 〈세운상가와 그 이웃들〉, 2010.

서울역사박물관, 〈도심 속 상공인 마을〉, 2010.

선생님과 함께 읽는 자전거 도둑

1판 1쇄 발행일 2014년 10월 27일
1판 8쇄 발행일 2023년 7월 24일

지은이 전국국어교사모임

발행인 김학원
발행처 (주)휴머니스트출판그룹
출판등록 제313-2007-000007호(2007년 1월 5일)
주소 (03991) 서울시 마포구 동교로23길 76(연남동)
전화 02-335-4422 **팩스** 02-334-3427
저자·독자 서비스 humanist@humanistbooks.com
홈페이지 www.humanistbooks.com
유튜브 youtube.com/user/humanistma **포스트** post.naver.com/hmcv
페이스북 facebook.com/hmcv2001 **인스타그램** @humanist_insta

편집책임 문성환 **편집** 윤무재 **디자인** 김태형 유주현 반짝반짝 **일러스트** 노희영
용지 화인페이퍼 **인쇄** 청아디앤피 **제본** 민성사

ⓒ 전국국어교사모임, 2014

ISBN 978-89-5862-731-9 44810